caractéristique psychologique
valeurs
actions importantes et impact
réponse aux questions
évolution psychologique
liens avec les autres personnages

La guerre des chocolats

Robert Cormier

La guerre des chocolats

Traduit de l'anglais (États-Unis)
par Michèle Poslaniec

l'école des loisirs
11, rue de Sèvres, Paris 6ᵉ

La guerre des chocolats est une œuvre d'imagination.
Tous les noms, personnages et événements sont fictifs.
Toute ressemblance avec des personnes ou des événements
réels ne serait que pure coïncidence.

© 2017, l'école des loisirs, Paris, pour l'édition Médium poche
© 1984, l'école des loisirs, Paris, pour l'édition en langue française
© 1974, Robert Cormier
Titre original : « The Chocolate War » (Pantheon Books, Random House)
Loi n° 49.956 du 16 juillet 1949 sur les publications
destinées à la jeunesse : septembre 1984

Dépôt légal : août 2017

ISBN 978-2-211-22815-2

*Pour mon fils Peter,
avec tout mon amour.*

1

Ils l'ont massacré.

Alors qu'il se retournait pour prendre le ballon, une décharge l'a frappé à la tête et une grenade à main lui a éclaté dans l'estomac. En proie à la nausée, il a sombré dans l'herbe. Sa bouche a rencontré la terre et il a craché énergiquement, craignant d'avoir les dents arrachées. En se remettant debout, il vit le terrain chavirer mais tint bon jusqu'à ce que tout se rétablisse, comme lors d'une mise au point focale qui redonne netteté et précision aux contours.

Le second jeu requérait une passe. En se reculant, il choisit un endroit convenable et leva le bras, cherchant à qui envoyer le ballon, peut-être au grand qu'on appelait Cacahuète. Soudain, il fut attrapé par-derrière et violemment bousculé, petit bateau d'enfant pris dans un tourbillon. À genoux, serrant le ballon, il se força à ignorer la douleur qui lui tenaillait l'aine, sachant qu'il était important de ne laisser voir aucun signe de détresse, car il se souvenait du conseil de Cacahuète : « L'entraîneur te jauge, il te jauge et il mesure si tu as du cran. »

J'ai du cran, murmura Jerry en se levant progressivement pour ne déplacer ni ses os ni ses muscles. Un téléphone lui sonnait dans les oreilles. Allô, allô, je suis encore là. Quand il remua les lèvres, il sentit le goût acide de la terre, de l'herbe et du sable. Il était conscient de la présence des autres joueurs casqués et grotesques, des êtres d'un monde inconnu. Il ne s'était jamais senti aussi seul de sa vie, abandonné, sans défense.

Au troisième jeu, il fut frappé simultanément par trois d'entre eux, l'un aux genoux, un autre à l'estomac, le troisième à la tête – le casque n'étant d'aucune protection. Son corps paraissait se télescoper à l'intérieur mais tout ne semblait pas s'ajuster et il était étonné par le fait que la douleur ne fût pas d'une seule nature – c'était ingénieux et varié, tantôt aigu et tantôt écœurant, tantôt brûlant et tantôt mordant. Il se retint en heurtant le sol. Le ballon se sauva. Il perdit le souffle en même temps que le ballon – un calme terrible l'envahit – et puis, au bord de la panique, il retrouva son souffle. De la buée sortit de sa bouche et il fut heureux de sentir le bon air frais remplir ses poumons. Mais quand il essaya de se relever, son corps se rebella contre tout mouvement. Il se dit : Au diable tout cela. Il s'endormirait sur place, juste au bord de la ligne des cinquante mètres ; y en avait marre de se décarcasser pour l'équipe, marre de tout, il allait dormir, ça n'avait plus d'importance...

— Renault !

Ridicule, quelqu'un l'appelait.

— Renault !

La voix de l'entraîneur raclait comme du papier de verre à ses oreilles. Il ouvrit les yeux en battant des paupières.

— Je vais bien, dit-il, à personne en particulier, ou peut-être à son père. Ou à l'entraîneur. Il n'avait pas envie d'abandonner cette agréable lassitude, mais il le fallait, bien sûr. Il regrettait de quitter le sol, et il était un peu curieux de savoir comment il allait se lever, avec les deux jambes démolies et le crâne défoncé. Il fut étonné de se retrouver debout, indemne, tanguant comme un de ces jouets accrochés au pare-brise des voitures, mais droit.

— Pour l'amour de Dieu, hurla l'entraîneur, la voix remplie de mépris.

Un jet de salive atteignit la joue de Jerry.

Eh, monsieur, vous me crachez dessus, protesta Jerry. Arrêtez de cracher, monsieur. Et, tout haut :

— Je vais bien, monsieur, parce qu'il était lâche dans ces cas-là, pensant d'une façon et parlant d'une autre, décidant une chose et agissant autrement — il avait flanché mille fois et mille coqs avaient lancé leur cocorico.

— Combien mesures-tu, Renault ?

— Un mètre soixante-quinze, réussit-il à dire, encore à bout de souffle.

— Quel poids ?

— Soixante-cinq, dit-il en regardant l'entraîneur droit dans les yeux.

— Tout mouillé, je suppose, dit l'entraîneur, acerbe. Pourquoi diable veux-tu jouer au football ? Il te faut plus de viande sur ces os-là. Pourquoi diable essaies-tu d'être *quarterback* ? Tu serais mieux à l'arrière. Peut-être !

L'entraîneur ressemblait à un vieux gangster : le nez cassé, une cicatrice sur la joue dessinant comme un lacet de chaussure. Il avait besoin de se raser, ses poils de barbe ressemblant à des aiguilles de glace. Il grognait, jurait et était sans pitié. Mais un entraîneur du tonnerre, disait-on. Il regardait Jerry à présent, avec ses yeux noirs pénétrants, inquisiteurs. Jerry attendait en essayant de ne pas chavirer, de ne pas s'évanouir.

— Très bien, dit l'entraîneur avec écœurement. Reviens demain. Trois heures précises, sinon t'es fichu avant de commencer.

Respirant le bon air vif par les narines — il avait peur d'ouvrir trop grand la bouche, évitant tout mouvement qui n'était pas absolument essentiel —, il se risqua à quitter le terrain, en écoutant l'entraîneur crier après les autres. Soudain cette voix lui plut : « Reviens demain. »

Il sortit du terrain péniblement, clignant des yeux sous le soleil de l'après-midi, et se rendit dans les vestiaires du gymnase. Ses genoux flageolaient, et soudain son corps devint léger comme l'air.

Tu sais ? se dit-il, jeu qu'il se jouait quelquefois.
Quoi ?
Je vais réussir à entrer dans l'équipe.
Rêveur, rêveur.
Ce n'est pas un rêve, c'est la vérité.

Alors que Jerry reprenait une profonde inspiration, une douleur surgit, lointaine, ténue — un signal radar de détresse. Bip, bip, c'est moi. La douleur. Ses pieds traînaient dans d'étranges feuilles en flocons de maïs. Un bonheur bizarre l'envahit. Il savait que des joueurs hardis l'avaient massacré, balancé et laissé par terre de façon humiliante. Mais il avait survécu – il s'était remis debout. « Tu serais mieux à l'arrière. » Est-ce que l'entraîneur pensait qu'il pouvait l'y mettre à l'essai ? N'importe quelle place pourvu qu'il reste dans l'équipe ! Le bip bip s'étendit, se localisa entre les côtes à droite. Il pensa à sa mère et à quel point elle était droguée à la fin, ne reconnaissant personne, ni Jerry ni son père. La joie de vivre du moment disparut et il la rechercha en vain, comme on cherche le souvenir d'une extase un instant après le plaisir et qu'on ne trouve que la honte et la culpabilité.

La nausée commença à s'étendre dans son estomac, chaude, bizarre et mauvaise.

— Eh, appela-t-il faiblement. Pour personne. Il n'y avait personne pour l'entendre.

Il réussit à rentrer à l'école. Au moment où il s'affala sur le sol des W.-C., la tête au-dessus du siège des toilettes avec l'odeur du désinfectant qui lui piquait les yeux, la nausée passa et la douleur aussi. La sueur perla comme des petits insectes humides sur son front.

Et puis, sans qu'il s'y attendît, il vomit.

2

Obie s'ennuyait. Pire que cela. Il était écœuré. Il était fatigué aussi. On eût dit qu'il était toujours fatigué ces temps-ci. Il se couchait fatigué et il se réveillait fatigué. Il était toujours en train de bâiller. Il était surtout fatigué d'Archie. Ce salaud d'Archie. Ce salaud qu'Obie détestait et admirait tour à tour. Par exemple, à cet instant même, il détestait Archie d'une façon particulièrement vive qui était fonction de son ennui et de sa fatigue. Le carnet à la main, le crayon en l'air, Obie regarda Archie avec rage, furieux de le voir assis là en spectateur heureux, ses cheveux blonds flottant légers dans la brise, se foutant pas mal qu'Obie soit en retard à son travail et le faisant rester là à perdre son temps.

— T'es un vrai salaud, dit enfin Obie, sa rage faisant éruption comme du Coca-Cola qui sort de la bouteille après qu'on l'a secouée. Tu le sais ?

Archie se retourna en lui souriant avec bienveillance comme un roi de mes deux accordant ses bonnes grâces.

— Jésus, dit Obie, exaspéré.

— Ne jure pas, Obie, gronda Archie. Il faudra que tu le confesses.

— Tu peux bien parler. Je ne sais pas comment tu as eu le culot de communier à la chapelle ce matin.

— Ça ne m'oblige en rien, Obie. Quand tu te diriges solennellement vers l'autel, tu vas recevoir le Corps du Christ, vieux. Moi, je mâche juste une hostie qu'ils achètent au kilo, à Worcester.

Obie détourna les yeux, écœuré.

— Et quand tu dis *Jésus*, tu parles de ton maître. Moi, quand je dis *Jésus*, je parle d'un type qui a vécu sur terre pendant trente-trois ans comme n'importe qui, mais qui a éveillé l'imagination de quelques P.R. astucieux. P.R. pour *Public Relations*, au cas où tu ne le saurais pas, Obie.

Obie ne jugea pas nécessaire de répondre. On ne pouvait même pas gagner en discutant avec Archie.

Il était trop rapide en paroles. Surtout quand il était en proie à l'une de ces crises ; disant *vieux* et *type* comme s'il était dans le vent, décontracté, au lieu d'être un simple quatrième année dans une pauvre petite école secondaire comme Trinity.

— Viens, Archie, il est tard, dit Obie, en essayant de faire appel au bon côté d'Archie. Je vais me faire mettre dehors un de ces jours.

— Ne rouspète pas, Obie. D'ailleurs, tu détestes ce boulot. Tu as envie de le perdre, inconsciemment. Ainsi tu n'aurais plus besoin de remplir les rayons ni de t'emmerder avec les clients, ni de travailler tard le samedi soir au lieu d'aller au — où que c'est que tu vas ? — au café des jeunes, te pâmer sur toutes ces gonzesses.

Archie était surprenant. Comment savait-il qu'Obie détestait ce boulot idiot ? Comment savait-il qu'il détestait surtout ces samedis soir où il fallait arpenter les allées du supermarché tandis que tous les autres étaient au café ?

— Tu vois ? Je te fais une faveur. Suffisamment de coups comme ça et le patron te dira : « C'est fini, mon petit Obie. Tu es libre. » Et t'en pèteras de joie juste sous son nez.

— Et où je prendrai mon argent ? demanda Obie.

Archie agita la main, signalant qu'il était fatigué de la conversation. On pouvait sentir un recul physique alors qu'il n'était qu'à cinquante centimètres d'Obie sur le banc. Les cris des copains sur le terrain de football résonnaient faiblement. La lèvre inférieure d'Archie s'affaissa. Cela voulait dire qu'il se concentrait. Réfléchissait. Obie attendait avec impatience, en détestant ce qui, en lui, le faisait regarder Archie avec admiration. Cette façon dont Archie pouvait mettre les gens de son côté. Ou à dos. La façon dont il pouvait vous éblouir avec son talent – ces tâches assignées par les Vigiles l'avaient pratiquement rendu légendaire à Trinity ; et la façon dont il pouvait vous écœurer avec ses cruautés, ses cruautés originales qui n'avaient rien à voir avec la douleur ou la violence mais qui étaient encore pires en quelque sorte. Cette pensée mit Obie mal à l'aise et il la chassa d'un haussement d'épaules, attendant qu'Archie parle, qu'il dise le nom.

— Stanton, dit enfin Archie, en chuchotant le nom d'une voix caressante. Je crois que son prénom, c'est Norman.

— Exact, dit Obie, en griffonnant le nom.

Encore deux. Archie devait trouver dix noms avant quatre heures, et il y en avait déjà huit sur le bloc-notes d'Obie.

— La tâche ? pressa Obie.

— Le trottoir.

Obie sourit en écrivant le mot. Trottoir. Un mot si innocent. Mais ce qu'Archie pouvait faire avec des choses simples comme un trottoir et un gars comme Norman Stanton, qu'Obie voyait comme un fanfaron vantard aux cheveux roux et aux paupières frangées de cils jaunes !

— Eh, Obie, dit Archie.

— Ouais ? demanda Obie, sur ses gardes.

— Tu vas vraiment être en retard à ton boulot ? Je veux dire : risques-tu vraiment de perdre ton boulot ?

La voix d'Archie était douce et soucieuse, ses yeux remplis de compassion. C'est ce qui déroutait tout le monde chez Archie — ses changements d'humeur, la façon dont il pouvait être un vrai salaud à un moment et un chouette type ensuite.

— Je ne pense pas qu'ils vont vraiment me mettre à la porte. Le type qui tient le truc est un ami de la famille. Mais forcément, arriver en retard n'arrange pas les affaires. Il me doit une augmentation mais il la garde jusqu'à ce que j'ose réclamer.

Archie acquiesça, l'air sérieux.

— D'accord, nous arrangerons ça. Nous te ferons oser. Peut-être que je devrais nommer quelqu'un au magasin, et rendre à ton patron la vie un peu plus intéressante.

— Bon sang, non ! dit vivement Obie.

Il frissonna de peur, en pensant à quel point le pouvoir d'Archie était effrayant. C'est pourquoi il fallait rester du bon côté. Tout le temps lui acheter des Hershey, à ce salaud, pour satisfaire sa passion pour le chocolat. Dieu merci, Archie ne réclamait pas du hachisch ou autre — Obie aurait dû se faire trafiquant pour lui en fournir, nom de nom. Obie était officiellement secrétaire des Vigiles, mais il savait le travail que ça demandait réellement. Carter, le président, qui était presque aussi salaud qu'Archie, disait : « Arrange-toi pour qu'il soit content ; quand Archie est content, on est tous contents. »

— Encore deux noms, murmura alors Archie.

Il se mit debout et s'étira. Il était grand et pas trop fort. Il se déplaçait souplement, mollement, à la façon d'un athlète, bien qu'il détestât tous les sports et n'éprouvât que du mépris pour les sportifs. Particulièrement pour les joueurs de football et les boxeurs, ce qui se trouvait être les principaux sports de Trinity. Généralement, Archie ne choisissait pas des sportifs pour les tâches assignées — il déclarait qu'ils étaient trop bêtes pour comprendre les nuances délicates, les subtilités demandées. Archie détestait la violence — la plupart de ses impératifs étaient des exercices psychologiques plutôt que physiques. C'est pourquoi il s'en tirait toujours. À Trinity, les frères voulaient la paix à tout prix, le calme à l'école, pas d'os cassés. Autrement, le ciel était la limite. Ce qui était exactement le rayon d'Archie.

— Le gars qu'ils appellent Cacahuète, dit alors Archie.

Obie écrivit : « Roland Goubert. »

— La salle de Frère Eugène.

Obie sourit avec délice et malice. Il aimait quand Archie englobait les frères dans les tâches. C'étaient les plus osées, évidemment. Et un jour Archie irait trop loin et se ferait avoir. En même temps, Frère Eugène convenait. Il était du genre paisible, faisant l'affaire pour Archie, bien sûr.

Le soleil disparut derrière quelques nuages. Archie ruminait en s'isolant encore dans ses pensées. Le vent se leva et apporta des bouffées de poussière du terrain de football. Le terrain avait besoin d'être ensemencé. Les tribunes aussi avaient besoin de soins, elles s'affaissaient et la peinture écaillée donnait la lèpre aux bancs. Les ombres des poteaux de but s'étalaient sur le terrain comme des croix grotesques. Obie frémit.

— Qu'est-ce qu'ils croient, bon sang ? demanda Archie.

Obie resta silencieux. La question ne semblait pas appeler de réponse. C'était comme si Archie se parlait à lui-même.

— Ces sacrées tâches ! dit Archie. Est-ce qu'ils croient que c'est facile ? (Sa voix résonna tristement.) Et la boîte noire...

Obie bâilla. Il était fatigué. Et mal. Il bâillait toujours, se sentait fatigué et mal à l'aise quand il était dans de telles situations, ne sachant pas comment faire, surpris par l'angoisse dans la voix d'Archie. Ou bien Archie le faisait-il marcher ? On ne savait jamais avec lui. Obie fut content quand Archie secoua finalement la tête comme s'il écartait un mauvais sort.

— Tu ne m'aides pas beaucoup, Obie.

— Je n'ai jamais eu l'impression que t'en avais vraiment besoin, Archie.

— Tu ne penses pas que je suis humain, aussi ?
Je n'en suis pas sûr. C'est ce qu'Obie faillit dire.
— D'accord, d'accord. Finissons-en avec ces foutues tâches. Encore un nom.

Le crayon d'Obie restait en l'air.

— Qui c'est, le gars qui a quitté le terrain il y a quelques minutes ? Celui qu'ils ont lessivé ?

— Y s'appelle Jerry Renault. Première année, dit Obie, en tournant les pages de son carnet.

Il cherchait le R pour Renault. Son carnet était plus complet que les dossiers de l'école. Il contenait des renseignements, soigneusement codifiés, sur tous ceux de Trinity, le genre de trucs qu'on ne peut pas trouver dans les papiers officiels.

— Voilà. Renault, Jérôme E., fils de James R., pharmacien à Blake's. Le gars est en première année, anniversaire — attends, il vient d'avoir quatorze ans. Oh... sa mère est morte au printemps dernier. Cancer.

Il y avait d'autres renseignements sur les résultats scolaires au collège et les activités extérieures, mais Obie referma le carnet comme s'il abaissait le couvercle d'un cercueil.

— Pauvre gars, dit Archie. Sa mère est morte.

De nouveau cette sollicitude, cette compassion dans sa voix.

Obie hocha la tête. Encore un nom. Qui d'autre ?

— Ça doit être dur pour le pauvre gars.

— Sûr, acquiesça Obie, impatient.

— Tu sais ce qu'il lui faut, Obie ?

Sa voix était douce, rêveuse, caressante.

— Quoi ?

— Une thérapie.

Le mot terrible brisa la tendresse de la voix.

— Une thérapie ?

— Oui. Inscris-le.

— Nom de nom, Archie. Tu l'as vu. C'est juste un pauvre gars qui essaie d'entrer dans l'équipe des « Première année ». L'entraîneur n'en fera qu'une bouchée. Et sa mère est à peine refroidie dans la tombe. Pourquoi diable veux-tu le mettre sur la liste ?

— Ne te laisse pas tromper, Obie. C'est un dur. Ne l'as-tu pas vu se faire lessiver et pourtant se remettre debout ? Dur. Et têtu. Il aurait dû rester par terre, Obie. Cela aurait été la chose la plus simple. En outre, il a sans doute besoin de quelque chose pour ne plus penser à sa pauvre mère.

— Tu es un salaud, Archie. Je te l'ai déjà dit et je le dirai encore.

— Inscris-le.

Un ton glacé, aussi froid que la région polaire.

Obie écrivit le nom. Diable, ce n'étaient pas ses funérailles.

— Tâche ?

— Je trouverai quelque chose.

— Tu n'as que jusqu'à quatre heures, lui rappela Obie.

— La tâche doit aller avec le gars. C'est la beauté du truc, Obie.

Obie attendit une minute ou deux et ne put s'empêcher de demander :

— Tu es à court d'idées, Archie ?

Le grand Archie Costello en panne ? Cette éventualité était renversante à envisager.

— Je cherche simplement le côté artistique, Obie. C'est un art, tu sais. Prends un gars comme ce Renault. Des circonstances particulières. (Il se tut.) Mets-le pour les chocolats.

Obie écrivit : *Renault-chocolats*. Archie n'était jamais à court. Les chocolats, par exemple, c'était bon pour une douzaine de tâches.

Obie regarda le terrain où les gars combattaient à l'ombre des poteaux de buts. La tristesse s'empara de lui. J'aurais dû faire du football, pensa-t-il. Il avait voulu en faire. Il était bon avec Pop Warner, à St Joe. Au lieu de ça, il avait fini comme secrétaire des Vigiles. Tranquille. Mais bon sang, il ne pouvait même pas en parler à ses parents.

— Tu sais, Archie ?
— Quoi ?
— C'est quelquefois triste, la vie.

C'était un des trucs chouettes avec Archie : on pouvait dire des choses comme ça.

— La vie, c'est de la merde, dit Archie.

Les ombres des poteaux de but ressemblaient tout à fait à un entrelacs de croix, de crucifix vides. Ça suffit comme symbolisme pour aujourd'hui, se dit Obie. S'il se pressait, il pourrait prendre le bus de quatre heures pour son boulot.

3

C'était une fille d'une beauté impossible, à vous arracher le cœur. Le désir lui serra l'estomac. Ses cheveux blonds tombaient en cascade sur ses épaules nues. Il étudia subrepticement la photographie puis ferma la revue et la remit à sa place, sur le rayon du haut. Il jeta un coup d'œil autour de lui pour voir si on l'avait vu. Le propriétaire du magasin interdisait formellement la lecture des revues, et une pancarte disait : *Pas d'achat, pas de lecture*. Mais le propriétaire était occupé à l'autre bout.

Pourquoi se sentait-il toujours si coupable à chaque fois qu'il regardait *Playboy* et les autres revues ? Beaucoup de garçons en achetaient, se les passaient à l'école, les cachaient dans les couvertures des cahiers, et même les revendaient. Il voyait quelquefois des numéros étalés par hasard sur la table, chez ses amis. Une fois, il s'était acheté une revue avec des photos de femmes nues ; il avait les doigts qui tremblaient en payant — un dollar vingt-cinq, ce qui avait fait un fameux trou dans ses finances, en attendant les prochaines rentrées d'argent. Et il n'avait pas su quoi faire de ce sacré truc une fois acheté. Il avait fallu le rapporter en douce à la maison, le cacher dans sa chambre, dans le tiroir du bas, terrifié à l'idée d'être découvert. En fin de compte, fatigué de se cacher dans la salle de bains pour de brefs examens, las d'être déçu, et hanté par la peur que sa mère trouve la revue, Jerry l'avait sortie en douce de la maison, pour la jeter dans un égout. Il avait écouté le bruit sinistre de la chute, en disant adieu avec regret au dollar vingt-cinq gaspillé. Un sentiment de tristesse l'avait envahi. Est-ce qu'une fille l'aimerait un jour ? Ce qui le tracassait le plus atrocement, c'était la peur de mourir avant d'avoir tenu le sein d'une fille dans sa main.

À l'arrêt du bus, Jerry s'appuya contre un poteau téléphonique, le corps fatigué, ressentant la violence de l'entraînement au football. Pendant trois jours, il avait encaissé. Mais il était encore sur les rangs, heureusement. Il regardait distraitement les gens de l'autre côté de la rue, sur le terrain communal. Il les voyait tous les jours. Ils faisaient maintenant partie du décor, comme le canon de la guerre civile, les monuments de la guerre mondiale, et la hampe du drapeau. Des hippies. Des enfants fleurs. Des gens de la rue. Des vagabonds. Des marginaux. Tout le monde avait un nom différent à leur donner. Ils apparaissaient au printemps et restaient jusqu'en octobre, ne faisant rien, interpellant quelquefois les passants, mais la plupart du temps vivant tranquilles, languissants et paisibles. Ils le fascinaient et il enviait parfois leurs vieux vêtements, leur laisser-aller, la façon dont ils semblaient se moquer de tout. Trinity était l'une des dernières écoles à conserver une éthique vestimentaire – chemise et cravate. Il regardait un nuage de fumée qui entourait une fille coiffée d'un chapeau informe. De l'herbe ? Il ne savait pas. Il y avait beaucoup de choses qu'il ne savait pas.

Absorbé dans ses pensées, il ne remarqua pas que l'une de ces personnes s'était détachée des autres et traversait la rue, en évitant adroitement les voitures.

– Eh, vieux !

Stupéfait, Jerry se rendit compte que le type lui parlait.

— Moi ?

Le gars était dans la rue, derrière une Volkswagen verte, la poitrine appuyée contre le toit de la voiture.

— Oui, toi.

Il avait environ dix-neuf ans, des cheveux longs et noirs lui tombant sur les épaules, une moustache ondulée, comme un serpent noir et flasque étendu sur la lèvre supérieure, les extrémités retombant sur le menton.

— T'as les yeux braqués sur nous, vieux. Comme tous les jours, t'es là à nous regarder.

Ils disent vraiment *vieux*, pensa Jerry. Il ne pensait pas qu'on disait encore *vieux*, sauf en plaisantant. Mais ce type ne plaisantait pas.

— Eh, vieux, tu crois que nous sommes dans un zoo ? C'est pour ça que tu nous reluques ?

— Non. Écoutez, je ne vous regarde pas.

Mais pourtant si, tous les jours, il les regardait.

— Si, vieux. Tu te mets là et tu nous regardes. Avec tes livres de classe et ta belle chemise et ta cravate blanche et bleue.

Jerry regarda autour de lui, mal à l'aise. Il ne vit que des étrangers, personne de l'école.

— Nous ne sommes pas des sous-développés, vieux.

— Je n'ai pas dit ça.
— Mais on le dirait.
— Écoutez, dit Jerry, je dois prendre mon bus.

C'était ridicule, bien sûr, puisque le bus n'était pas en vue.

— Tu sais qui c'est le sous-développé, vieux ? Toi. Oui, toi. Aller à l'école tous les jours. Et rentrer par le bus. Et faire tes devoirs. (La voix du type était méprisante.) Vieux jeu. Vieux à quatorze, quinze ans. Déjà pris dans une routine. Oh ! là là !

Un sifflement et la puanteur d'un gaz d'échappement annoncèrent l'arrivée du bus. Jerry se sépara vivement du type.

— Va prendre ton bus, ringard, cria-t-il. Ne manque pas le bus. Tu manques déjà beaucoup de choses, mieux vaut ne pas manquer ce bus-là !

Jerry alla jusqu'au bus comme un somnambule. Il détestait les affrontements. Son cœur cognait. Il monta, mit son jeton dans la caisse et gagna un siège en titubant parce que le bus s'écartait du trottoir.

Il s'assit, respira profondément, ferma les yeux.

Va prendre ton bus, ringard.

Il ouvrit les yeux mais fut ébloui par le soleil qui entrait par la vitre.

Tu manques déjà beaucoup de choses, mieux vaut ne pas manquer ce bus-là !

Une grosse comédie, évidemment. C'était leur spécialité, à ces gens-là. Faire marcher les autres. Rien d'autre à faire que de gaspiller leur vie inutilement.

Et pourtant…

Pourtant, quoi ?

Il ne savait pas. Il pensa à sa vie – aller à l'école et rentrer chez lui. Bien que sa cravate fût défaite, pendante sur sa chemise, il l'arracha quand même. Il regarda les panneaux publicitaires au-dessus des fenêtres pour ne plus penser à cet affrontement.

Pourquoi ? avait-on gribouillé dans un espace libre de publicité.

Pourquoi pas ? avait-on répondu à côté.

Jerry ferma les yeux, soudain épuisé devant le trop grand effort requis, même pour penser, semblait-il.

4

– Combien de boîtes ?
– Vingt mille.
Archie siffla d'étonnement. Il ne perdait généralement pas son sang-froid aussi facilement, surtout avec quelqu'un comme Frère Léon. Mais l'idée de vingt mille boîtes de chocolats livrées ici à Trinity était ridicule. Puis il vit la moustache de moiteur sur la lèvre supérieure de Frère Léon, ses yeux humides et la sueur sur son front. Il y eut un déclic. Ce n'était pas le calme et redoutable Léon qui pouvait tenir une classe dans la paume de sa main. C'était une personne criblée de crevasses et de fissures. Archie resta absolument impassible, craignant que les battements rapides de son cœur ne trahissent sa certitude spontanée, la preuve de ce qu'il avait toujours soupçonné,

pas seulement chez Frère Léon mais chez la plupart des adultes : ils étaient vulnérables, peureux, fragiles.

— Je sais que ça fait beaucoup, admit Frère Léon, réussissant à garder une voix normale, ce qui força l'admiration d'Archie.

Un malin, ce Léon, difficile à avoir. Même s'il transpirait comme un fou, sa voix restait calme, sereine.

— Mais la tradition joue en notre faveur. La vente de chocolats est un événement annuel. Les garçons s'y attendent maintenant. S'ils peuvent en vendre dix mille boîtes les autres années, pourquoi pas vingt mille cette année ? Et ceux-là sont particuliers, Archie. Un grand bénéfice. Une véritable affaire.

— En quoi est-ce particulier ? demanda Archie, poussant son avantage, sans la moindre trace, dans le ton, de l'élève-qui-parle-au-professeur. Il était ici, dans le bureau de Léon, par invitation spéciale. Que Léon parle au vrai Archie, pas au gars qui assistait à son cours d'algèbre !

— En fait, ce sont des chocolats de la fête des Mères. Nous avons pu – c'est-à-dire que j'ai pu – les avoir à un prix intéressant. De belles boîtes, des boîtes-cadeaux, et en parfait état. Elles sont conservées dans les meilleures conditions depuis le printemps dernier. Tout ce que nous avons à faire est d'enlever les rubans mauves où il y a *Maman* d'inscrit, et nous sommes bons. Nous pouvons les vendre deux dollars la boîte et faire un bénéfice de presque un dollar par boîte.

— Mais vingt mille boîtes ! (Archie fit quelques calculs rapides bien qu'il ne fût pas un as en maths).

— Nous sommes environ quatre cents gars dans l'école. Ça veut dire que chacun doit vendre cinquante boîtes. D'habitude, les gars ont un quota de vingt-cinq boîtes chacun à vendre, et le prix est d'un dollar. (Il soupira). Maintenant, tout est doublé. Ça fait beaucoup pour cette école, Frère Léon. Pour n'importe quelle école.

— Je le sais, Archie. Mais Trinity, c'est différent, n'est-ce pas ? Si je ne croyais pas les garçons de Trinity capables de le faire, penses-tu que je prendrais le risque ? Ne pouvons-nous pas réaliser ce que les autres ne font pas ?

Foutaises, pensa Archie.

— Je sais ce que tu te demandes, Archie – pourquoi suis-je en train de t'embarrasser avec ce problème ?

Archie, en fait, se demandait bien pourquoi Frère Léon avait étalé ses projets devant lui. Il n'avait jamais été particulièrement en bons termes avec Léon ou tout autre professeur de l'école. Et Léon était d'un genre spécial. En apparence, c'était l'un de ces êtres pâles, patelins, qui traversent la vie sur la pointe des pieds, rapides et discrets. Il ressemblait à un mari dominé par sa femme, à une poire, à un gogo. C'était le sous-directeur de l'école, mais en fait il servait de larbin au directeur. Un commis. Mais tout cela était trompeur. En classe, Léon était tout à fait différent. Affecté, sarcastique. Une petite voix aiguë venimeuse. Il pouvait retenir votre attention comme un cobra. En guise de crochets, il utilisait sa baguette, donnant des coups ici, là, partout. Il surveillait la classe comme un faucon, soupçonneux, repérant les tricheurs ou les rêveurs, explorant les faiblesses des élèves et les exploitant ensuite. Il ne s'était jamais attaqué à Archie. Pas encore.

– Que je te brosse le tableau, dit Léon en se penchant en avant dans son fauteuil. Toutes les écoles privées, catholiques ou autres, ont des difficultés en ce moment. Beaucoup doivent fermer. Les prix montent, et nous n'avons pas tant de sources de revenus. Comme tu le sais, Archie, nous ne sommes pas une de ces pensions chères. Et nous n'avons pas de riches diplômés chez nous. Nous sommes un externat chargé de préparer des jeunes gens de milieu modeste à l'université. Il n'y a pas de fils de riches ici. Prends ton exemple. Ton père gère une agence d'assurances. Il a un bon salaire mais il n'est pas riche, n'est-ce pas ? Prends Tommy Desjardins. Son père est dentiste – très à l'aise, ils ont deux voitures, une maison de campagne –, et voilà pour la crème en ce qui concerne les parents de Trinity. (Il leva la main.) Je ne veux pas snober les parents.

Archie fit la grimace. Ça l'irritait fort quand les adultes avaient recours au langage des élèves, comme *snober*.

– Ce que je veux dire, Archie, c'est que les parents ont pour la plupart une situation modeste et ne peuvent pas faire face à des augmentations de tarifs. Nous devons trouver des revenus partout où c'est possible. Le football rapporte tout juste assez pour lui-même – nous n'avons rien gagné depuis trois ans. L'intérêt pour la boxe est retombé maintenant que la télévision n'en montre plus…

Archie étouffa un bâillement – alors quoi de nouveau ?

— Je mets cartes sur table, Archie, pour te montrer, pour te prouver comment nous devons exploiter toutes les occasions de revenus, et comment même une vente de chocolats peut être importante et vitale pour nous...

Le silence s'établit. L'école était silencieuse, si silencieuse qu'Archie se demanda si le bureau n'était pas insonorisé. Les cours de la journée étaient finis, bien sûr, mais c'était le moment où beaucoup d'autres activités démarraient. Particulièrement celle des Vigiles.

— Autre chose, poursuivit Léon. Nous n'en avons pas parlé, mais le directeur est malade, peut-être gravement. Il doit entrer à l'hôpital demain. Tests et autres. Le profil n'est pas bon...

Archie attendait que Léon en arrive au fait. Allait-il faire un baratin ridicule pour que la vente des chocolats soit un succès en l'honneur du directeur souffrant ? *Achetez-en une pour Le Malade !* comme dans ces films ridicules ?

— Il peut être arrêté pendant des semaines.
— C'est dur.
Et alors ?
— Ce qui signifie... que l'école me sera confiée. L'école sera sous ma responsabilité.

Encore le silence. Mais cette fois-ci, Archie sentit comme une attente dans le silence. Il eut l'impression que Léon allait en arriver au fait.

— J'ai besoin de ton aide, Archie.

— Mon aide ? demanda Archie, feignant la surprise, essayant d'effacer toute trace de moquerie dans sa voix.

Il savait à présent pourquoi il était ici. Léon ne voulait pas parler de l'aide d'Archie mais de celle des Vigiles. Mais il n'osait pas l'exprimer. Personne n'avait le droit de souffler mot à propos des Vigiles. Officiellement, les Vigiles n'existaient pas. Comment une école pourrait-elle tolérer une organisation comme celle-là ? L'école lui permettait de fonctionner en l'ignorant complètement, faisant celle qui ne sait rien. Mais elle existait pourtant, pensa amèrement Archie. Elle existait parce qu'elle avait un rôle à jouer. Les Vigiles contrôlaient tout. Sans les Vigiles, Trinity aurait pu être déchirée comme toutes les autres écoles par des manifestations, des révoltes, toutes ces conneries. Archie était étonné de l'audace de Léon qui connaissait son lien avec les Vigiles et qui le faisait venir pour cela.

— Comment est-ce que *je* peux vous aider ? demanda Archie, en insistant exprès sur le pronom singulier et non sur un pluriel désignant les Vigiles.

— En soutenant la vente. Comme tu disais, Archie... vingt mille boîtes, c'est beaucoup.

— Le prix est doublé aussi, lui rappela Archie, qui s'amusait à présent. Deux dollars la boîte, au lieu d'un !

— Mais il faut absolument cet argent.

— Et pour la récompense ? L'école donne toujours une récompense aux élèves.

— Comme d'habitude, Archie. Un jour de congé quand tous les chocolats sont vendus.

— Pas de voyage gratuit cette année ? L'an dernier, on nous a emmenés au spectacle à Boston.

Archie se moquait du voyage, mais il aimait ce renversement de situation par rapport à la classe – lui, posant les questions, et Léon, mal à l'aise.

— Je trouverai quelque chose à la place, dit Léon.

Archie laissa le silence s'établir.

— Puis-je compter sur toi, Archie ?

Le front de Léon était encore trempé.

Archie décida de se lancer. Pour voir jusqu'où il irait.

— Mais que puis-je faire ? Je suis tout seul.
— Tu as de l'influence, Archie.
— De l'influence ?

La voix d'Archie était forte et claire. Il était décontracté. Maître de lui. Léon pouvait transpirer. Archie était calme et détendu. Je ne suis pas délégué de classe. Je ne suis pas membre du conseil. (Bon Dieu, si seulement les gars pouvaient le voir !) Je ne suis même pas au tableau d'honneur...

Brusquement, Léon ne transpirait plus. Les gouttes de sueur dansaient encore sur son front, mais il s'était tendu et durci. Archie sentait la froideur — plus encore, une haine glacée traversait le bureau comme un rayon mortel venu de quelque planète blafarde et létale. Suis-je allé trop loin ? se demanda-t-il. J'ai ce type en algèbre, ma matière la plus faible.

— Tu sais ce que je veux dire, dit Léon d'une voix aussi sèche qu'un claquement de porte.

Leurs yeux se rencontrèrent, soutinrent le regard de l'autre. Une mise au point maintenant ? Était-ce la chose à faire ? Archie croyait à l'efficacité des choses faites au bon moment. Pas ce que vous brûlez de faire, pas l'acte impulsif, mais ce qui se révélera utile, plus tard. C'est pourquoi les Vigiles dépendaient de lui. Bon sang, les Vigiles, c'était bien l'école. Et lui, Archie Costello, c'était les Vigiles. C'est pour cela que Léon l'avait fait venir ici, c'est pour cela que Léon le suppliait presque de l'aider. Archie eut soudain une terrible envie d'un Hershey.

— Je sais ce que vous voulez dire, dit Archie, remettant la confrontation à plus tard.

Léon pourrait être comme de l'argent en banque, destiné à un usage ultérieur.

— Tu vas nous aider, alors ?

— Je les surveillerai, dit Archie en appuyant sur *les*.

Et cela fit son effet.

Léon ne releva pas.

Ni Archie.

Ils se regardèrent un long moment.

— Les Vigiles aideront, dit Archie, incapable de se contenir plus longtemps. Il n'avait jamais pu utiliser ces mots-là, les Vigiles, devant un professeur ; il avait dû nier l'existence de l'organisation depuis si longtemps que c'était merveilleux d'en parler et de voir la surprise sur le visage de Léon, pâle et en sueur.

Puis il repoussa sa chaise et quitta le bureau sans attendre la permission du professeur.

5

— Tu t'appelles Goubert ?
— Oui.
— On t'appelle Cacahuète ?
— Oui.
— Oui, qui ?

Archie fut écœuré, au moment même où il dit *Oui qui ?* Comme dans une scène d'un vieux film de la Seconde Guerre mondiale. Mais le gars Goubert bredouilla et puis dit : « Oui, *monsieur*. » Comme un bleu.

— Tu sais pourquoi t'es là, Cacahuète ?

Cacahuète hésita. Malgré sa taille — il mesurait facilement un mètre quatre-vingt-cinq —, il apparut aux yeux d'Archie comme un enfant, quelqu'un qui ne serait pas à sa place, comme s'il avait été pris en fraude dans un cinéma porno. Il était trop maigre, bien sûr. Et il avait l'air battu d'avance. Un pigeon pour les Vigiles.

— Oui, monsieur, dit finalement Cacahuète.

Archie était toujours étonné par ce qui, en lui, prenait plaisir à ces démonstrations — jouer avec les gars, les dominer, les humilier en fin de compte. Il avait eu le poste de celui qui assigne les tâches à cause de son esprit vif, de son intelligence, de son imagination fertile, de sa capacité à voir les coups à l'avance comme si la vie était un jeu de dames ou d'échecs géant. Également pour quelque chose d'autre, quelque chose d'impossible à décrire avec des mots. Archie savait ce que c'était et le reconnaissait, bien que cela échappât à toute définition. Un soir, alors qu'il regardait un vieux film des Marx Brothers à la télé, il fut plongé dans le ravissement par une scène où les frères cherchaient un tableau qui avait disparu. Groucho disait : « Fouillons toutes les pièces de la maison ! » Chico demandait : « Mais s'il n'est pas dans la maison ? » Groucho répondait : « Alors nous fouillerons la maison d'à côté. » « Et s'il n'y a pas de maison à côté ? » Et Groucho : « Alors on en construira une. » Et ils se mirent aussitôt à dresser des plans pour construire une maison. C'est ce qu'Archie faisait :

construire la maison dont personne ne prévoyait la nécessité, sauf lui, une maison invisible pour les autres.

— Si tu le sais, alors dis-moi pourquoi tu es là, Cacahuète, disait à présent Archie, d'une voix douce. Il les traitait toujours avec tendresse, comme s'il y avait un lien entre eux.

Quelqu'un ricana. Archie se raidit, lança un regard à Carter, un regard foudroyant qui signifiait : dis-leur de cesser leurs conneries. Carter fit claquer ses doigts, ce qui résonna comme le bruit du marteau du juge, dans le calme de l'entrepôt. Les Vigiles étaient groupés, comme d'habitude, en cercle autour d'Archie et des gars recevant la tâche. La petite pièce derrière le gymnase n'avait pas de fenêtre et n'avait qu'une porte qui menait au gymnase lui-même. Un endroit parfait pour les réunions des Vigiles – discret, une seule entrée facile à garder, sombre, éclairé par une ampoule unique pendue au plafond, une ampoule de quarante watts qui ne dispensait qu'une faible lumière.

Le silence devint pesant après le claquement de doigts de Carter. Personne ne plaisantait avec Carter. C'était le président des Vigiles parce que le président était toujours un joueur de football – le muscle dont quelqu'un comme Archie avait besoin. Mais tout le monde savait que le chef des Vigiles, c'était celui qui assigne les tâches, Archie Costello, qui avait toujours une longueur d'avance sur eux tous.

Cacahuète avait l'air effrayé. C'était un de ces gars qui veulent toujours faire plaisir à tout le monde. Celui qui n'a jamais la fille qu'il adore en secret tandis que le gros dur disparaît avec elle à la fin, sur un fond de soleil couchant.

– Dis-moi, dit Archie, pourquoi tu es là ?

Il laissa paraître un peu d'impatience dans sa voix.

– Pour... l'attribution d'une tâche.

– Te rends-tu compte qu'il n'y a rien de personnel dans cette attribution ?

Cacahuète acquiesça.

– Que c'est la tradition ici, à Trinity ?

– Oui.

– Et que tu dois promettre le silence ?

– Oui, dit Cacahuète, sa pomme d'Adam se promenant le long de son grand cou maigre.

Silence.

Archie le laissa s'établir. Il sentait grandir l'intérêt dans la pièce. Cela se passait toujours ainsi au moment où la tâche allait être assignée. Il savait ce qu'ils pensaient – qu'est-ce qu'Archie va trouver cette fois-ci ?

Archie leur en voulait parfois. Les membres des Vigiles n'avaient rien à faire d'autre que respecter le règlement. Carter était le muscle et Obie le commis. Seul Archie était toujours sous tension, pour imaginer les tâches, les inventer. Comme s'il était une sorte de machine. On appuie sur un bouton : voici une tâche. Que savaient-ils de toutes ses souffrances ? Les nuits où il se tournait et se retournait dans son lit ? Les fois où il se sentait pompé, vidé ? Et pourtant, il ne pouvait pas nier qu'il exultait à des moments comme ceux-ci : les gars penchés en avant, fébriles, entourés de mystère, le gars Cacahuète blême et effrayé, le silence si grand qu'on aurait presque pu entendre battre son propre cœur. Et tous les yeux sur lui : Archie.

— Cacahuète.

— Oui, oui, monsieur.

Déglutition.

— Tu sais ce que c'est qu'un tournevis ?

— Oui.

— Peux-tu t'en procurer un ?

— Oui, oui, monsieur. Mon père. Il a un coffre à outils.

— Parfait. Tu sais à quoi servent les tournevis, Cacahuète ?

— Oui.

— À quoi ?

— À visser des trucs... je veux dire, à enfoncer des vis.

Quelqu'un rit. Et Archie ne dit rien. Une soupape pour la tension.

— Et aussi, Cacahuète, dit Archie, un tournevis peut enlever des vis. D'accord ?

— Oui, monsieur.

— Un tournevis, donc, peut desserrer aussi bien que serrer, d'accord ?

— D'accord, dit Cacahuète, hochant la tête, attentif, l'esprit fixé sur le tournevis, presque comme s'il était hypnotisé, et Archie était porté au faîte du pouvoir et de la gloire, conduisant Cacahuète vers l'ultime destination, lui fournissant les renseignements petit à petit, le meilleur moment de ce sale boulot. Pas si sale que ça, pourtant. Chouette, en fait. Magnifique, en fait. Valant bien tout ce mal.

— Bon, sais-tu où se trouve la salle de Frère Eugène ?

À ce moment-là, dans l'air, l'attente était presque visible, ardente, électrique.

— Oui, salle dix-neuf. Premier étage.

— Bien ! dit Archie, comme s'il donnait à Cacahuète un A en récitation. Jeudi après-midi, tu t'arrangeras pour être libre. L'après-midi, le soir, toute la nuit s'il le faut.

Cacahuète semblait pétrifié.

— L'école sera déserte. Les frères, la plupart, ceux qui comptent, seront partis à une conférence au Centre régional du Maine. Le concierge aura un jour de congé. Il n'y aura personne dans le bâtiment après trois heures de l'après-midi. Personne, sauf toi, Cacahuète. Toi et ton tournevis.

C'était presque le moment final, l'apogée.

— Et voici ce que tu vas faire, Cacahuète. (Pause.) Desserrer.

— Desserrer ?

— Desserrer !

Archie attendit un instant — pleinement maître de la salle, du silence presque insupportable — et dit :

— Dans la salle de Frère Eugène, tout tient avec des vis. Les tables, les chaises, les tableaux. Alors, avec ton petit tournevis — peut-être ferais-tu mieux d'en apporter plusieurs de tailles différentes, au cas où — tu commences à desserrer. N'enlève pas les vis. Desserre-les seulement jusqu'à ce qu'elles soient sur le point de tomber, l'ensemble ne tenant plus que par un fil...

Un hurlement de joie vint du public – sans doute Obie, qui avait saisi le tableau, qui voyait la maison qu'Archie construisait, la maison qui n'existait pas avant qu'il l'ait fait naître dans leur tête. Puis d'autres s'associèrent au rire, en imaginant le résultat du travail. Archie se laissa envelopper par les rires admiratifs, sachant qu'il avait encore gagné. Ils attendaient toujours qu'il échoue, qu'il flanche, mais il avait à nouveau marqué un point.

– Mon Dieu, dit Cacahuète. Ça va faire beaucoup de travail. Il y a beaucoup de tables et de chaises là-dedans !

– Tu auras toute la nuit. On te garantit que tu ne seras pas dérangé.

– Mon Dieu.

Sa pomme d'Adam fut alors en proie à un mouvement convulsif.

– Jeudi, dit Archie d'un ton autoritaire, sans faille, définitif, irrévocable.

Cacahuète hocha la tête, acceptant l'ordre comme une sentence de mort, comme tous les autres, sachant qu'il n'y avait pas moyen d'y échapper ; pas de sursis, pas d'appel. La loi des Vigiles était définitive, tout le monde à Trinity le savait.

Quelqu'un murmura :

— Oh ! là là !

Carter fit encore claquer ses doigts et la tension remonta rapidement dans la pièce. Mais une tension d'une nature différente. Une tension avec des dents à l'intérieur. Pour Archie. Il se raidit.

Plongeant sous le vieux bureau derrière lequel il était assis en tant que président de séance, Carter en sortit une petite boîte noire. Il la secoua et on entendit le bruit des billes qui se heurtaient à l'intérieur. Obie s'avança, une clé à la main. Était-ce un sourire sur le visage d'Obie ? Archie n'en était pas certain. Il se demanda : est-ce qu'Obie me déteste vraiment ? Est-ce qu'ils me détestent tous ? Non pas que cela eût la moindre importance. Pas tant qu'Archie aurait le pouvoir. Il vaincrait tout, même la boîte noire.

Carter prit la clé des mains d'Obie et la présenta.

— Prêt ? demanda-t-il à Archie.

— Prêt ! dit Archie, le visage impassible, impénétrable, comme d'habitude, même s'il sentait une goutte de sueur tracer une ligne froide le long de ses côtes depuis son aisselle. La boîte noire était sa Némésis. Elle contenait six billes : cinq blanches et une noire. C'était une idée ingénieuse trouvée par quelqu'un bien avant l'époque d'Archie, quelqu'un d'assez sage – ou d'assez salaud – pour se rendre compte que les tâches pourraient dépasser les bornes s'il n'y avait pas une sorte de contrôle. La boîte garantissait ce contrôle. Après chaque séance, on la présentait à Archie. Si Archie tirait une bille blanche, rien ne changeait pour la tâche assignée. Si Archie tirait la bille noire, il devait lui-même mener la tâche à bien, accomplir le devoir qu'il avait assigné.

Il gagnait depuis trois ans. Réussirait-il encore ? Ou sa chance le lâcherait-elle ? Est-ce que la loi des probabilités allait le vaincre ? Un frisson lui parcourut le bras au moment où il tendit la main vers la boîte. Il espéra que personne ne l'avait remarqué. Il plongea la main et prit une bille qu'il cacha dans sa paume. Il retira sa main, tendit le bras calmement, cette fois, sans tremblement ni frisson. Il ouvrit la main. La bille était blanche.

Le coin de ses lèvres se crispa tandis que la tension de son corps se relâchait. Il les avait encore battus. Il avait encore gagné. Je suis Archie. Je ne peux pas perdre.

Carter fit claquer ses doigts et la séance fut levée. Tout à coup, Archie se sentit vidé, épuisé, abandonné. Il regarda Cacahuète ; le garçon restait là, hébété, semblant prêt à fondre en larmes. Archie eut presque des regrets. Presque. Mais pas tout à fait.

6

Frère Léon se préparait à faire son numéro. Jerry connaissait les symptômes — tous les gars les connaissaient. C'étaient des « première année » pour la plupart, qui n'étaient dans le cours de Léon que depuis un mois environ, mais ils avaient déjà vu le style du professeur. D'abord il leur donnait quelque chose à lire. Puis il allait et venait sans arrêt, soupirant, arpentant les allées, la baguette à la main, baguette qu'il utilisait soit comme le fait un chef d'orchestre, soit comme une épée de mousquetaire. Il se servait de l'extrémité pour déplacer un livre sur une table, ou pour soulever la cravate d'un gars, ou pour frotter doucement le dos d'un autre, ou encore pour piquer les détritus le long de son parcours, comme s'il était ramasseur d'ordures. Un jour, la baguette était restée un instant sur la tête de Jerry avant de continuer plus loin. Jerry avait frissonné malgré lui comme s'il avait échappé de justesse à quelque funeste destin.

À présent, sachant que Léon rôdait sans arrêt à travers la classe, Jerry gardait les yeux sur son texte bien qu'il n'eût pas envie de lire. Encore deux cours. Il attendait l'entraînement de football avec impatience. Après des jours d'exercice, l'entraîneur avait dit qu'il les laisserait sans doute utiliser le ballon cet après-midi.

– Assez de conneries comme ça !

C'était Frère Léon – toujours en train d'essayer de choquer. En utilisant des mots comme « connerie » et « foutaise » et en laissant tomber quelques « sacré » et « diable » de temps en temps. En fait, il choquait réellement. Peut-être parce que ces mots étaient très surprenants lorsqu'ils émanaient de ce petit homme pâle à l'air inoffensif. Plus tard, on comprenait qu'il n'était pas inoffensif, évidemment. Tout le monde leva les yeux vers Léon quand ce mot « conneries » résonna dans la salle. Il restait dix minutes – assez de temps pour que Léon puisse accomplir, jouer un de ses jeux. La classe le regardait dans une sorte d'horrible fascination.

Le regard du frère fit lentement le tour de la salle, comme le rayon d'un phare qui balaie la côte, à la recherche des défauts cachés. Jerry éprouva une sensation à la fois de terreur et d'expectative.

— Bailey, dit Léon.

— Oui, Frère Léon.

Léon choisissait donc Bailey : un des faibles, brillant élève mais timide, introverti, toujours en train de lire, les yeux rouges derrière ses lunettes.

— Viens ici, dit Léon, le doigt pointé.

Bailey alla tranquillement se placer devant la classe. Jerry vit une veine battre sur la tempe du garçon.

— Comme vous le savez, messieurs, commença Frère Léon, s'adressant directement à la classe et ignorant totalement Bailey qui était pourtant à côté de lui, comme vous le savez, une certaine discipline doit être maintenue dans une école. Une ligne de démarcation doit être tracée entre les professeurs et les élèves. Nous, professeurs, aimerions être comme des élèves, bien sûr. Mais cette ligne de démarcation doit être maintenue. Une ligne invisible, peut-être, mais quand même là. (Ses yeux humides brillaient.) Après tout, vous ne pouvez pas voir le vent, mais il est présent. Vous voyez son œuvre, les arbres qui penchent, les feuilles qui bougent...

En parlant, il faisait des gestes, son bras devint le vent, la baguette dans sa main suivait la direction du vent, et soudain, sans prévenir, il frappa la joue de Bailey. Le garçon sauta en arrière de douleur et de surprise.

– Bailey, excuse-moi, dit Léon, mais sa voix manquait de commisération.

Est-ce que c'était un accident ? Ou une autre de ces petites cruautés de Léon ?

Maintenant, tous les yeux étaient posés sur le pauvre Bailey. Frère Léon l'examinait, comme si c'était une préparation sous un microscope, préparation contenant le bacille de quelque maladie mortelle. Il fallait l'admettre : Léon était un superbe acteur. Il adorait lire des nouvelles tout haut, en faisant tous les rôles et tout le bruitage. Personne ne bâillait ni ne s'endormait dans la classe de Léon. Il fallait être sur le qui-vive sans arrêt, exactement comme à cet instant où tout le monde regardait Bailey en se demandant quel serait le prochain geste de Léon. Sous le regard scrutateur de Léon, Bailey avait cessé de se frotter la joue, même si une marque rouge était apparue, comme une vilaine tache s'étalant sous la peau. On ne savait pas comment, mais les rôles étaient renversés. On aurait dit que Bailey était en tort depuis le début, qu'il avait commis une faute, qu'il ne s'était pas trouvé à sa place au bon moment et qu'il avait provoqué son malheur lui-même. Jerry se tortilla sur sa chaise. Léon lui donnait la chair de poule avec sa façon de changer l'atmosphère d'une salle sans même dire un seul mot.

— Bailey, dit Léon.

Mais sans regarder Bailey, en regardant la classe comme s'ils étaient tous complices, excepté Bailey. Comme si la classe et Léon étaient liés par une conspiration secrète.

— Oui, Frère Léon ? demanda Bailey, les yeux grossis par les verres.

Une pause.

— Bailey, dit Frère Léon, pourquoi éprouves-tu le besoin de tricher ?

Ils disent que la bombe à hydrogène ne fait pas de bruit : il n'y a qu'un éclair blanc aveuglant qui frappe mortellement les villes. Le bruit vient après l'éclair, après le silence. C'est ce genre de silence qui régnait alors dans la classe.

Bailey restait sans voix, la bouche ouverte comme une blessure.

— Ton silence est-il un aveu de culpabilité, Bailey ? demanda Frère Léon, en se retournant enfin vers Bailey.

Bailey secoua frénétiquement la tête. Jerry sentit sa propre tête bouger, appuyant Bailey d'une dénégation muette.

— Ah, Bailey, soupira Léon, la voix empreinte de tristesse. Qu'allons-nous faire de toi ?

Il se tourna vers la classe avec un air de connivence — lui et la classe contre la tricherie.

— Je ne triche pas, Frère Léon, dit Bailey, dans un murmure.

— Mais vois la preuve, Bailey. Tes notes — toutes des A, pas moins. Toutes les interrogations, tous les devoirs, tous les exercices à la maison. Seul un génie est capable de cette sorte de performance. Prétends-tu être un génie, Bailey ? (Jouant avec lui.) Je dois admettre que tu y ressembles — ces lunettes, ce menton pointu, ces cheveux en désordre...

Léon se pencha vers la classe, en relevant le menton, attendant un rire d'approbation, tout dans ses manières étant fait pour provoquer le rire de la classe. Et il vint. Tous rirent. Eh, que se passe-t-il, se demanda Jerry, tout en riant avec les autres. Parce que Bailey ressemblait effectivement à un génie, ou plutôt à la caricature des savants fous dans les vieux films.

— Bailey, dit Frère Léon, tournant à nouveau toute son attention vers le garçon, tandis que les rires s'estompaient.

— Oui, répondit Bailey d'un ton malheureux.

— Tu n'as pas répondu à ma question.

Léon se rendit délibérément à la fenêtre et fut soudain absorbé par la contemplation de la rue, des feuilles de septembre qui devenaient brunes et se recroquevillaient.

Bailey resta seul devant la classe, comme devant un peloton d'exécution. Jerry sentit ses joues devenir chaudes et palpitantes.

— Eh bien, Bailey ? dit Léon de la fenêtre, toujours absorbé par le monde extérieur.

— Je ne triche pas, Frère Léon, dit Bailey, avec une force nouvelle dans la voix, comme s'il campait sur ses positions.

— Alors comment expliques-tu tous ces A ?

— Je ne sais pas.

Frère Léon pirouetta.

— Es-tu parfait, Bailey ? Tous ces A, ça implique la perfection. Est-ce cela la réponse, Bailey ?

Pour la première fois, Bailey regarda la classe elle-même, dans un appel muet, comme blessé, perdu, abandonné.

— Dieu seul est parfait, Bailey.

Le cou de Jerry commençait à lui faire mal. Et ses poumons à le brûler. Il se rendit compte qu'il avait retenu sa respiration. Il reprit de l'air, avec précaution, pour ne faire bouger aucun muscle. Il aurait voulu être invisible. Il aurait voulu ne pas être dans la classe. Il avait envie d'être sur le terrain de football, en retrait, à la recherche d'un gars pour intercepter le ballon.

— Est-ce que tu te compares à Dieu, Bailey ?

Ça suffit, Frère, ça suffit, criait Jerry en lui-même.

— Si Dieu est parfait et que tu es parfait, Bailey, qu'est-ce que cela t'évoque ?

Bailey ne répondit pas, les yeux grands ouverts, incrédule. La classe était absolument silencieuse. Jerry entendit le bourdonnement de l'horloge électrique — il ne s'était jamais rendu compte avant que cette horloge électrique bourdonnait.

— L'autre possibilité, Bailey, c'est que tu ne sois pas parfait. Et, bien sûr, tu ne l'es pas. (La voix de Léon s'adoucit). Je sais que tu ne trouverais rien d'aussi sacrilège.

— C'est vrai, Frère Léon, dit Bailey, soulagé.

— Ce qui nous amène à une seule conclusion, dit Léon, la voix forte et triomphante, comme s'il avait fait une découverte importante. Tu triches !

À cet instant-là, Jerry détesta Frère Léon. Il sentit la haine dans son estomac — c'était acide, infect, brûlant.

— Tu es un tricheur, Bailey. Et un menteur.

Des paroles cinglantes.

Espèce de rat, pensa Jerry. Espèce de salaud.

Une voix retentit du fond de la classe.

— Oh, laissez-le tranquille.

Léon tourna sur lui-même.

— Qui a dit cela ?

Ses yeux humides brillaient.

La cloche sonna la fin du cours. Les pieds raclèrent le plancher tandis que les garçons repoussaient leur chaise, se préparant à partir, à sortir de cet endroit horrible.

— Attendez un peu, dit Frère Léon. (Doucement — mais tout le monde entendit.) Personne ne bouge.

Les élèves s'immobilisèrent à nouveau sur leur chaise.

Frère Léon les considérait avec pitié, hochant la tête avec un triste sourire aux lèvres.

— Pauvres imbéciles, dit-il. Pauvres espèces d'idiots. Savez-vous qui est le meilleur ici ? Le plus courageux de tous ? (Il mit la main sur l'épaule de Bailey.) Gregory Bailey, c'est lui. Il a nié avoir triché. Il a résisté à mes accusations. Il a tenu bon ! Mais vous, messieurs, vous étiez assis là à vous amuser. Et ceux qui ne s'amusaient pas ont laissé faire, ils m'ont laissé continuer. Vous avez transformé cette classe en Allemagne nazie pendant quelques instants. Oui, oui, quelqu'un a fini par protester. *Oh, laissez-le tranquille.* (Et d'imiter parfaitement la voix grave.) Une faible protestation, trop faible et trop tardive.

Il y avait du bruit dans les couloirs, des élèves attendaient pour entrer. Léon ignorait ce bruit. Il se tourna vers Bailey, toucha le sommet de sa tête avec la baguette, comme s'il le sacrait chevalier.

— Tu t'es bien comporté, Bailey. Je suis fier de toi. Tu as réussi la plus grande épreuve qui soit — tu es resté fidèle à toi-même. (Le menton de Bailey tremblait de reconnaissance.) Bien sûr que tu ne triches pas, Bailey, dit-il d'une voix tendre et paternelle.

Il fit un geste vers la classe — il était très fort pour les gestes.

— Tes compagnons, là, ce sont eux les tricheurs. Ils t'ont trompé aujourd'hui. Ce sont eux qui ont douté de toi. Moi, jamais.

Léon alla à son bureau.

— Rompez, dit-il, la voix remplie de mépris à leur adresse.

7

— Que fais-tu, Émile ? demanda Archie d'un air amusé. Il y avait de l'amusement dans sa voix parce que c'était évident – Émile Janza siphonnait l'essence d'une voiture et la regardait couler dans un récipient en verre.

Émile ricana. Lui aussi trouvait amusant qu'Archie l'ait découvert en train de faire cela.

— Je me procure mon essence pour la semaine, dit Émile.

La voiture, garée tout au bout du parking de l'école, appartenait à un quatrième année du nom de Carlson.

— Que ferais-tu, Émile, si Carlson arrivait et te voyait voler son essence ? demanda Archie, bien qu'il connût la réponse.

Émile ne prit pas la peine de répondre. Il sourit d'un air entendu. Carlson ne ferait rien du tout. C'était un gars fluet et gentil qui détestait les ennuis. Il n'y en avait pas trop qui osaient défier Émile Janza, de toute façon, qu'ils soient gros ou maigres, gentils ou non. Émile était une brute, ce qui était assez drôle parce qu'il n'en avait pas l'air. Il n'était pas grand ni particulièrement costaud. En fait, il était petit pour un plaquage, au football. Mais c'était un animal et il ne jouait pas selon les règles. Quand il n'y était pas obligé. Ses petits yeux étaient enfoncés dans une chair pâle, des yeux qui souriaient rarement, malgré le rire et le sourire qui éclairaient parfois son visage, surtout quand il savait qu'il touchait les gens. Ce qu'Émile Janza appelait toucher les gens. Comme par exemple siffler doucement en classe pour exaspérer le professeur, un sifflement presque imperceptible qui pouvait le faire grimper au mur. C'est pourquoi Émile Janza renversait l'usage. Généralement, les petits malins s'asseyaient au fond. Pas Émile. Il choisissait les places à l'avant où il serait mieux pour embêter le professeur. Siffler, grogner, roter, taper des pieds, bouger sans arrêt, renifler. Sacré bon sang, si vous faisiez cela au fond de la classe le professeur ne le remarquerait pas.

Mais Émile n'embêtait pas seulement les professeurs. Il trouvait que le monde était plein de victimes consentantes, surtout les gars de son âge. Il avait découvert une vérité, tôt dans la vie – au cours moyen exactement. Personne ne tenait à avoir des ennuis ni à en provoquer, personne ne voulait d'affrontement. Ce fut une révélation. Cela ouvrait des portes. On pouvait prendre le repas d'un gars ou même son argent et il n'arrivait généralement rien parce que la plupart des gars voulaient la paix à tout prix. Bien sûr, il fallait choisir soigneusement ses victimes parce qu'il y avait des exceptions. Ceux qui protestaient trouvèrent que c'était plus facile de laisser Émile agir à sa guise. Qui voulait recevoir une raclée ? Plus tard, Émile buta contre une autre vérité, bien qu'elle fût dure à formuler. Il découvrit que les gens avaient peur d'être gênés ou humiliés, d'être remarqués en attirant l'attention. Comme dans un bus. Vous pouviez vous adresser à un gars, surtout un qui rougit facilement et lui dire : « Oh ! là là ! Tu as mauvaise haleine, dis donc ! Est-ce que tu ne te brosses jamais les dents ? » Même si le gars avait la meilleure haleine du monde. Ou bien : « As-tu lâché un pet ? Ce que tu es sale ! » Doucement, mais assez fort pour que tout le monde entende. Des trucs comme ça – à la cafétéria, pendant les repas, en étude. Mais c'était mieux dans les endroits publics, parmi des étrangers, surtout des filles. C'est là que les gars étaient au supplice. En conclusion, les gens autour d'Émile Janza étaient très gentils avec lui. Et Émile jouissait de ce traitement. Émile n'était pas bête mais il n'était pas très brillant en classe. Cependant, il réussissait à s'en sortir – pas de F, seulement quelques D, juste de quoi contenter son père qu'Émile trouvait stupide et dont le rêve principal était de voir son fils diplômé d'une bonne école privée comme Trinity. Son père ne savait pas à quel point l'endroit était pourri.

– Émile, tu es magnifique, dit Archie, tandis qu'Émile, content de son flacon rempli à ras bord, revissait soigneusement le bouchon du réservoir d'essence.

Émile leva les yeux avec méfiance, sur ses gardes. Il ne savait jamais si Archie Costello parlait sérieusement ou non. Émile ne plaisantait jamais avec Archie. En fait, Archie était l'une des rares personnes au monde qu'Émile respectait. Peut-être même qu'il le craignait. Archie et les Vigiles.

– As-tu dit *magnifique* ?

Archie se mit à rire.

– Je veux dire que tu es spécial, Émile. Qui d'autre siphonnerait de l'essence au milieu de la journée ? Au vu et au su de tout le monde, comme cela ? Magnifique !

Émile sourit à Archie, soudain avec regret. Il aurait voulu partager quelques autres trucs avec Archie. Mais il ne pouvait pas. D'une certaine façon, c'était trop personnel, mais souvent il avait envie d'en parler. Comment il prenait plaisir à certaines choses. Par exemple, quand il allait aux W-C à l'école, il tirait rarement la chasse d'eau – et prenait son pied en imaginant le prochain gars qui trouverait les saletés dans la cuvette. Dingue. Et pour le dire à quelqu'un... ce serait difficile à expliquer. Comme parfois lorsqu'il se sentait vraiment puissant en chahutant un gars ou en plaquant méchamment un type au football, et qu'il lui donnait un coup supplémentaire une fois à terre. Comment pouvait-on parler de cela à quelqu'un ? Et pourtant il sentait qu'Archie comprendrait.

Malgré cette photo. La photo qui hantait sa vie.
Archie s'en allait.

– Eh, Archie, où vas-tu ?

– Je ne veux pas être complice, Émile.

Émile se mit à rire.

– Carlson ne va pas porter plainte.

Archie hocha la tête avec admiration.

— Magnifique, dit-il.

— Eh, Archie, et pour la photo ?

— Oui, Émile. Et pour la photo ?

— Tu sais ce que je veux dire.

— Magnifique, dit Archie, qui s'éloigna alors vivement en laissant Émile Janza se faire de la bile à propos de cette photo.

En fait, Archie détestait les gens comme Janza, même s'il pouvait admirer leurs actions. Des gens comme Janza, c'étaient des bêtes. Mais ils étaient pratiques. Janza et la photo — comme l'argent à la banque.

Émile Janza regarda la silhouette d'Archie Costello s'éloigner. Un jour, il serait comme Archie — décontracté, membre des Vigiles. Émile donna un coup de pied dans le pneu arrière de la voiture de Carlson. D'une certaine façon, il était déçu que Carlson ne l'ait pas pris en train de siphonner l'essence.

8

Cacahuète était beau quand il courait. Ses longs bras et ses longues jambes bougeaient avec aisance et perfection, son corps devenait aérien, comme si ses pieds ne touchaient pas terre. Quand il courait, il oubliait son acné et sa maladresse, et la timidité qui le paralysait quand une fille regardait de son côté. Même ses pensées devenaient plus claires, et les choses étaient simples, pas compliquées. Il pouvait résoudre des problèmes de maths en courant ou mémoriser des stratégies de football. Souvent il se levait tôt le matin, avant tous les autres, et se lançait à corps perdu dans les rues baignées par le soleil levant, et tout lui semblait beau, bien à sa place, possible ; le monde entier à sa portée.

Quand il courait, il aimait même la douleur provoquée par la course, la brûlure dans ses poumons et les spasmes qui lui bloquaient parfois les mollets. Il aimait cela parce qu'il savait qu'il pouvait le supporter, et même aller au-delà. Il n'était jamais allé au bout de ses forces mais il sentait toute cette vigueur encore en lui : plus que de la force en fait, de la détermination. Et ça chantait en lui pendant qu'il courait, son cœur envoyant joyeusement le sang dans tout son corps. Il faisait du football et c'était agréable d'attraper le ballon que Jerry Renault lui passait et de marquer un but en courant plus vite que les autres. Mais c'était la course qu'il adorait. Les voisins le voyaient dévaler High Street, emporté par son élan, et lui criaient : « C'est pour les Jeux olympiques, Goub' ? » ou : « Tu vises le record mondial, Goub' ? » Et lui, de continuer à courir, léger, à l'aise.

Mais pour l'instant il ne courait pas. Il était dans la salle de Frère Eugène et il était terrorisé. Il avait quinze ans, mesurait un mètre quatre-vingt-six, et il était trop grand pour pleurer, mais les larmes brouillaient sa vue, comme si la pièce était sous l'eau. Il avait honte et ça l'écœurait, mais il ne pouvait pas s'en empêcher. C'étaient des larmes de frustration autant que de terreur. Et cette terreur était différente de tout ce qu'il avait déjà connu : celle d'un cauchemar. Comme lorsqu'on se réveille après un mauvais rêve dans lequel un monstre allait vous rattraper et qu'on pousse un soupir de soulagement en comprenant qu'on est en sécurité dans son lit et qu'ensuite on regarde vers le seuil éclairé par la lune et qu'on voit le monstre se diriger vers le lit. Et on sait qu'on a sombré d'un cauchemar dans un autre – alors, comment retrouver son chemin vers le monde réel ?

Il savait qu'il était dans le monde réel à cet instant précis, bien sûr. Tout était assez réel. Les tournevis et les pinces étaient réels. Les bureaux, les chaises et les tableaux aussi. Le monde extérieur aussi, ce monde dont il était exclu depuis trois heures de l'après-midi, quand il s'était faufilé dans la classe. Depuis, le monde avait changé, il s'était estompé avec la fuite du jour, était devenu mauve au crépuscule, puis noir. Il était neuf heures maintenant, et Cacahuète s'assit par terre, la tête appuyée contre une table, fâché contre ses joues mouillées. Ses yeux fatigués le piquaient. Les Vigiles avaient dit qu'il avait le droit d'allumer la petite lumière de secours dont chaque classe était pourvue. Une pile était interdite parce que ça aurait pu être suspect pour des gens de l'extérieur. Cacahuète s'était rendu compte que le travail était presque impossible à faire. Il était dans la classe depuis six heures et n'avait fait que deux rangées de tables et de chaises. Les vis résistaient au tournevis, la plupart ayant été serrées en usine.

Je n'aurai jamais fini, pensa-t-il. Je serai ici toute la nuit et mes parents vont s'inquiéter et ce ne sera pas encore fini. Il imagina qu'on le découvre ici le lendemain matin, évanoui d'épuisement, honte pour lui, pour les Vigiles et pour l'école. Il avait faim, mal à la tête et sentait que tout irait bien s'il pouvait seulement sortir de là et courir, se sauver dans les rues, délivré de cette terrible tâche.

Un bruit dans le couloir. Encore autre chose ! C'était hanté. Toutes sortes de bruits. Les murs avaient leur propre façon de craquer, les planchers aussi, des moteurs bourdonnaient quelque part, un bourdonnement presque humain. Assez pour vous faire mourir de peur. Il n'avait pas eu peur à ce point depuis qu'il était gamin et qu'il se réveillait au milieu de la nuit en appelant sa mère.

Boum ! Là, un autre bruit. Il regarda avec terreur vers la porte, ne voulant pas regarder mais incapable de résister à la tentation, se souvenant de son ancien cauchemar.

— Eh, Cacahuète, chuchota quelqu'un.

— Qui est là ? répondit-il.

Le soulagement l'envahit. Il n'était plus seul, quelqu'un d'autre était là.

— Comment ça marche ?

Une silhouette s'avançait vers lui à quatre pattes, comme un animal. L'aspect d'une bête – le cauchemar, après tout ! Il recula, la peau brûlante et piquante, comme sous l'attaque d'abeilles. Il devina d'autres silhouettes qui rampaient dans la pièce, les genoux frôlant le plancher. La première était juste devant lui.

— Besoin d'aide ?

Cacahuète regarda furtivement. Le gars était masqué.

— Ça va lentement, dit Cacahuète.

La silhouette masquée attrapa Cacahuète par le devant de sa chemise et serra fort en le tirant vers lui. Il sentait la pizza. Le masque était noir, du même genre que celui de Zorro dans les films.

— Écoute, Goubert. La tâche est plus importante que le reste, compris ? Plus importante que toi, moi ou l'école. C'est pourquoi on va te donner un coup de main. Pour que ce soit bien fait. (Le gars enfonça brutalement ses articulations dans la poitrine de Cacahuète.) Si tu en parles à quiconque, tu es fichu à Trinity. Pigé ?

Cacahuète hocha la tête et sa gorge se serra. Sa gorge était sèche. Il était incroyablement heureux. Du secours était arrivé. L'impossible était devenu possible.

La silhouette masquée redressa la tête.

— D'accord, les copains, allons-y.

Un des autres gars leva son visage, masqué aussi, et dit :

— C'est une blague.

— Ferme-la et mets-toi au travail, dit le type qui était évidemment le chef.

Il relâcha aussi la chemise de Cacahuète et sortit son propre tournevis.

Cela leur prit trois heures.

9

La mère de Jerry était morte au printemps. Ils l'avaient veillée pendant des nuits – son père, quelques oncles et tantes et Jerry lui-même – depuis son retour de l'hôpital. Ils y allaient chacun leur tour pendant cette dernière semaine, tous épuisés et muets de chagrin. Plus rien ne pouvait être fait pour elle à l'hôpital et on la ramenait chez elle pour mourir. Elle avait tellement aimé sa maison, avec toujours un projet en route – tapisserie, peinture, finitions. « Donnez-moi vingt ouvriers comme elle et j'ouvre une petite usine et je me fais un million », plaisantait son père. Et puis elle est tombée malade. Et elle est morte. La voir s'en aller, voir sa beauté décliner, être témoin de l'affreuse transformation de son visage et de son corps, c'était trop pour Jerry, et quelquefois il fuyait la chambre, honteux de sa faiblesse, évitant son père. Jerry aurait voulu être aussi fort que son père, toujours maître de lui, cachant son chagrin et sa peine. Quand sa mère mourut finalement, soudainement, à trois heures trente de l'après-midi, en s'éteignant doucement comme un murmure, Jerry fut gagné par la colère, une fureur qui le trouva debout près du cercueil, en proie à une rage muette. Il était furieux contre la maladie qui l'avait ravagée. Il était furieux contre son inaptitude à faire quelque chose pour la sauver. Sa colère était si profonde et si forte qu'elle avait refoulé le chagrin. Il avait envie de hurler contre le monde, de crier contre cette mort, de renverser les immeubles, de fendre la terre, de déraciner des arbres. Et il ne fit rien d'autre que rester éveillé dans le noir, en pensant à ce corps qui n'était plus elle, dans le cercueil, mais une *chose* tout à coup, froide et blême. Son père lui fut un étranger pendant ces jours terribles, agissant comme un somnambule, comme une marionnette manipulée par des fils invisibles. Jerry se sentait désespéré et abandonné, tout comprimé à l'intérieur. Même au cimetière, ils se tinrent à l'écart l'un de l'autre, avec une énorme distance entre eux bien qu'ils fussent côte à côte. Mais sans se toucher.

Et puis, à la fin du service, alors qu'ils se retournaient pour partir, Jerry se retrouva dans les bras de son père, le visage serré contre son corps qui sentait la cigarette et la légère odeur de l'eau gingivale à la menthe, ce parfum familier qui était celui de son père. Là, dans le cimetière, s'accrochant l'un à l'autre dans leur chagrin et leur égarement, leurs larmes coulèrent. Jerry ne sut pas quand vinrent ses larmes ni quand celles de son père cessèrent. Ils pleurèrent sans honte, soulageant un besoin indicible, et s'en allèrent ensuite vers la voiture en se tenant par le bras. Le nœud ardent de colère s'était défait, démêlé, et Jerry se rendit compte en revenant du cimetière que quelque chose de pire l'avait remplacé – le vide, une cavité béante comme un trou dans sa poitrine.

C'était le dernier moment d'intimité qu'il avait partagé avec son père. Ils s'étaient jetés tous les deux dans la routine, l'un de l'école, l'autre de son travail. Son père vendit la maison et ils emménagèrent dans un appartement banal, où aucun souvenir ne se cachait dans les coins. Jerry passa presque tout l'été au Canada, dans la ferme d'un cousin éloigné. Il s'était mis volontiers au travail, espérant préparer son corps pour Trinity et le football, à l'automne. Sa mère était née dans cette petite ville canadienne. Il y avait une sorte de réconfort à marcher dans les rues étroites où elle-même avait marché étant petite. Quand il revint en Nouvelle-Angleterre à la fin août, lui et son père retombèrent dans la routine ordinaire. Le travail et l'école. Et le football. Sur le terrain, tout contusionné ou tout sale, Jerry avait l'impression de faire partie de quelque chose. Et il se demandait parfois de quoi son père faisait partie.

Il pensait à cela en regardant son père. Il était rentré de l'école et l'avait trouvé endormi sur un divan, dans le salon, les bras croisés sur la poitrine. Jerry ne fit pas de bruit dans l'appartement, pour ne pas réveiller la silhouette endormie. Son père était pharmacien et travaillait pour une chaîne de magasins de la région, à des heures très variables. C'étaient souvent des heures de nuit, ce qui signifiait un sommeil perturbé. En conséquence, il avait pris l'habitude de s'endormir dès qu'il avait un moment pour se reposer. L'estomac de Jerry réclamait, mais il restait assis tranquillement en face de son père, à attendre qu'il se réveille. Il était épuisé par l'entraînement, l'épreuve continuelle pour son corps, la frustration de ne jamais aller jusqu'au bout d'une partie, de ne jamais terminer une attaque, les sarcasmes de l'entraîneur, les dernières chaleurs de septembre.

Pendant qu'il observait son père endormi, le visage détendu par le sommeil, tous les traits accusés par l'âge moins définis, il se rappela avoir entendu dire que les gens mariés depuis longtemps finissaient par se ressembler. Il cligna des yeux, à la façon de ceux qui examinent une belle toile, pour chercher sa mère dans le visage de son père. Alors, sans prévenir, l'angoisse de sa mort revint, comme un coup dans l'estomac, et il craignit de s'évanouir. Par un miracle cauchemardesque, il put superposer l'image du visage de sa mère à celui de son père – pendant un instant, il retrouva toute sa douceur puis, avec horreur, la vision de sa mère dans le cercueil.

Son père se réveilla, comme s'il avait été giflé par une main invisible. La vision disparut et Jerry se leva rapidement.

– Salut, Jerry, dit son père en se frottant les yeux et en se redressant. Ses cheveux n'étaient même pas en désordre. D'ailleurs comment des cheveux en brosse pourraient-ils être décoiffés ? Tu as passé une bonne journée, Jerry ?

La voix de son père ramenait la normalité.

– Oui, ça va. Encore de l'entraînement. Un de ces jours, je serai pris.

– Bien.

— Comment s'est passée la journée pour toi, papa ?
— Bien.
— C'est bon.
— Mme Hunter nous a laissé un ragoût. Du thon. Elle a dit que ça t'avait plu la dernière fois.

Mme Hunter était la femme de ménage. Elle venait tous les après-midi mettre de l'ordre et leur préparer le repas du soir. C'était une femme grisonnante qui embarrassait Jerry en lui passant sans arrêt la main dans les cheveux et en murmurant : « Mon petit, mon petit... » comme s'il était encore un gamin.

— Tu as faim, Jerry ? Ça peut être prêt dans cinq ou dix minutes. Il suffit d'allumer le four.
— Bien.

Il renvoyait à son père un de ses *bien* mais celui-ci ne le remarqua pas. C'était l'un de ses mots préférés — bien.

— Eh, papa !
— Oui, Jerry ?
— Est-ce que tout s'est vraiment bien passé au magasin aujourd'hui ?

Son père s'arrêta près de la porte de la cuisine, étonné.

— Que veux-tu dire, Jerry ?

— Je veux dire que tous les jours je te demande comment ça se passe et que tous les jours tu me dis : bien. N'y a-t-il pas des *grands* jours ? Ou des jours *désastreux ?*

— Une pharmacie, c'est presque tout le temps la même chose, Jerry. Les ordonnances arrivent et nous les fournissons — et c'est tout. On les étudie soigneusement, en prenant toutes les précautions nécessaires, en contrôlant deux fois. C'est vrai ce qu'on dit sur l'écriture des médecins, mais je t'ai déjà dit cela. (Il fronça alors les sourcils comme s'il fouillait dans sa mémoire pour essayer de trouver quelque chose qui ferait plaisir au garçon.) Il y a eu cette tentative de hold-up, il y a trois ans — la fois où ce drogué est entré comme un fou.

Jerry fit un effort pour cacher son émotion et sa déception. Était-ce cela la chose la plus intéressante jamais arrivée à son père ? Ce pathétique hold-up tenté par un jeune type terrorisé qui brandissait un pistolet d'alarme ? La vie était-elle à ce point morne, triste et ennuyeuse pour les gens ? Il avait horreur d'imaginer sa propre vie suivant ce schéma, une longue succession de jours et de nuits qui se passaient bien, *bien* — ni bon, ni mauvais, ni chouette, ni moche, ni passionnant, ni rien.

Il suivit son père dans la cuisine. Le ragoût glissa dans le four comme une lettre à la poste.

Jerry n'avait plus faim tout à coup, tout son appétit s'était envolé.

– Que dirais-tu d'une salade ? demanda son père. Je pense qu'il y a encore une laitue et des trucs.

Jerry approuva sans réfléchir. N'était-ce que cela la vie, après tout ? Terminer l'école, trouver un métier, se marier, devenir père, regarder sa femme mourir, et ensuite vivre des jours et des nuits qui semblent n'avoir ni lever de soleil, ni aube, ni crépuscule, rien d'autre qu'une grisaille morne. Était-il honnête avec son père ? Avec lui-même ? Chaque personne n'était-elle pas différente ? Un homme n'avait-il pas le choix ? Que savait-il sur son père, réellement ?

– Eh, papa.
– Oui, Jerry ?
– Rien.

Que pouvait-il lui demander sans avoir l'air idiot ? Et il n'était pas sûr que son père parlerait franchement, de toute façon. Jerry se rappela un incident qui s'était produit quelques années plus tôt, quand son père travaillait dans une pharmacie de quartier, le genre d'endroit où les clients viennent consulter le pharmacien comme s'il possédait un diplôme de médecin. Jerry était dans le magasin un après-midi quand un vieux monsieur était entré, courbé et déformé par l'âge. Il avait mal au côté droit. Que dois-je faire, monsieur le pharmacien ? Qu'est-ce que c'est, d'après vous ? Tenez, appuyez là, monsieur le pharmacien, sentez-vous la bosse ici ? Y a-t-il un médicament pour me soigner ? Son père avait été patient avec le vieil homme, l'avait écouté avec sympathie en acquiesçant et en se frottant la joue comme s'il cherchait un diagnostic. Il avait réussi finalement à convaincre le vieil homme d'aller voir un médecin. Mais pendant un instant, Jerry avait vu son père jouer le rôle d'un médecin – compétent, professionnel et compatissant. Comportement peu habituel dans une pharmacie. Après le départ du vieux monsieur, Jerry avait demandé : « Eh, papa, n'as-tu jamais voulu être médecin ? » Son père, pris au dépourvu, avait vivement levé les yeux et hésité. « Non, bien sûr que non. » Mais Jerry avait surpris quelque chose dans son attitude, le ton de sa voix, qui contredisait la réponse. Quand Jerry avait essayé de poursuivre la conversation, son père s'était occupé brusquement des ordonnances et du reste. Et il n'était jamais revenu sur le sujet.

À présent, de voir cet homme officier dans la cuisine, préparer le souper — si loin du métier de médecin —, sa femme morte et son fils unique doutant tellement de lui, sa vie si pâle et grise, Jerry fut plongé dans la tristesse. Le four signala que le repas était prêt.

Plus tard, en se préparant à aller se coucher, Jerry se regarda dans la glace, et il se vit comme avait dû le voir ce type de l'autre jour, sur le terrain public : ringard. Tout comme il avait superposé l'image de sa mère au visage de son père, il put alors voir le visage de son père apparaître sous ses propres traits. Il se retourna. Il ne voulait pas être le miroir de son père. L'idée lui fit peur. Je veux faire quelque chose, être quelqu'un. Mais quoi ? Mais quoi ?

Le football. Il entrerait dans l'équipe. C'était quelque chose. Enfin, peut-être !

Sans aucune raison, il pensa à Gregory Bailey.

10

Par la suite, Archie dut convenir que Frère Léon avait trop vivement dramatisé la vente et l'avait mis, lui avec les Vigiles et l'école entière, dans une situation difficile.

Pour commencer, Frère Léon convoqua une réunion spéciale à la chapelle. Après les prières et tout le saint-frusquin, il se mit à parler de toute cette connerie d'esprit de l'école. Mais avec une différence, cette fois. Debout dans la chaire, il fit signe à quelques-uns de ses subalternes d'apporter dix grandes affiches en carton sur lesquelles étaient écrits les noms de tous les élèves de l'école par ordre alphabétique. Près de chaque nom, on avait dessiné une série de rectangles blancs qui, expliqua Léon, devraient être remplis au fur et à mesure que chaque élève vendrait sa quote-part de chocolats.

L'ensemble des élèves observait avec amusement les sbires de Léon essayant de fixer les affiches contre le mur avec du ruban adhésif. Elles n'arrêtaient pas de tomber, rebelles au scotch. Les murs étant en béton, on ne pouvait évidemment pas utiliser des punaises. Des huées remplirent l'espace. Frère Léon avait l'air très contrarié, ce qui augmenta les huées et les sifflets. Il n'y avait rien de plus beau au monde que le spectacle d'un professeur dans l'embarras. Finalement, les affiches furent installées et Frère Léon reprit les choses en main.

Archie dut admettre que le frère réussit un de ses grands numéros. Digne d'un oscar. Ça tombait comme le Niagara – l'esprit de l'école, la vente traditionnelle qui n'avait jamais échoué, le directeur malade à l'hôpital, la fraternité à Trinity, le besoin de fonds pour garder ce magnifique édifice de l'éducation, efficace dans toutes les branches. Il rappela les triomphes passés, les trophées dans la vitrine du couloir principal, la volonté à toute épreuve qui faisait de Trinity un lieu de gloire depuis des années. Etc. Des foutaises, bien sûr, mais efficaces quand un maître comme Léon s'y mettait et vous envoûtait avec des mots et des gestes.

« — Oui, psalmodiait Frère Léon, le quota est doublé cette année parce que l'enjeu est plus grand que jamais. (Sa voix remplissait les airs comme de l'orgue.) Chaque élève doit vendre cinquante boîtes, mais je sais que chacun voudra faire sa part. Plus que sa part. (Il fit un geste vers les affiches.) Je vous promets, messieurs, qu'avant la fin de cette vente chacun de vous aura le nombre cinquante inscrit dans la dernière case, ce qui signifie que vous aurez rempli votre rôle pour Trinity... »

C'était loin d'être terminé, mais Archie coupa le contact. Des mots, des mots, des mots — on n'entendait jamais rien d'autre à l'école. Archie se tortillait, mal à l'aise sur son siège, en songeant à la réunion où il avait annoncé que Frère Léon avait demandé de l'aide pour la vente et comment il s'était engagé au nom des Vigiles. Archie avait été surpris devant la vague d'inquiétude et de scepticisme de la part des membres des Vigiles. « Bon Dieu, Archie, avait dit Carter, on ne se mêle jamais de ce truc-là. » Mais Archie les avait convaincus comme d'habitude, en faisant remarquer que ce besoin de Léon d'une prise en charge par les Vigiles montrait à quel point l'organisation était devenue puissante. Et ce n'était qu'une misérable vente de chocolats. Mais là, bon sang, en écoutant Léon qui parlait comme si l'école s'embarquait pour les croisades, Archie avait des doutes.

En regardant les affiches et en y voyant son nom, Archie planifia la façon dont ses cinquante boîtes de chocolats seraient vendues. Il n'avait pas l'intention de les vendre lui-même. Il n'avait jamais touché une boîte depuis la première année à l'école. Habituellement, il trouvait un gars volontaire qui vendait avec joie la part d'Archie en même temps que la sienne, se figurant que c'était un honneur d'être remarqué par celui qui assignait les tâches des Vigiles. Cette année, il répartirait sans doute la besogne, en choisissant, disons cinq types, et en ne leur faisant vendre que dix boîtes chacun. C'était mieux que de charger un seul de l'ensemble, n'est-ce pas ?

En s'enfonçant mieux dans son siège, Archie soupira alors, satisfait et content du degré que pouvait atteindre son sens de la justice et de la compassion.

11

Ce fut comme si quelqu'un avait lâché La Bombe.

Brian Kelly a tout déclenché quand il a touché sa chaise. Elle s'est effondrée.

Puis tout le reste a suivi.

Albert Le Blanc a touché une table en passant dans l'allée et elle est tombée en morceaux après avoir bizarrement tremblé un instant. Le choc a provoqué des vibrations qui ont fait choir deux autres chaises et une table.

John Lowe allait s'asseoir quand il a entendu le bruit du mobilier qui s'effondrait. Il s'est retourné, ce qui lui a fait toucher sa propre table. Celle-ci s'est désintégrée devant ses yeux étonnés. En reculant d'un bond, il a heurté sa chaise. Rien n'est arrivé à la chaise. Mais la table d'Henry Couture, derrière, a tremblé violemment avant de tomber par terre.

Le vacarme était assourdissant.

— Mon Dieu, cria Frère Eugène en entrant dans la classe et en contemplant le chaos. Les tables et les chaises étaient en morceaux comme si elles avaient été démolies par des explosions de dynamite, mystérieuses et inaudibles.

Frère Eugène se précipita à son bureau, ce havre de sécurité derrière lequel un professeur trouve toujours asile. Sous sa main, le bureau fut déséquilibré, chavira et — miracle des miracles — resta debout dans cette étrange posture branlante. Mais sa chaise s'effondra.

Les garçons se bousculaient joyeusement comme des fous dans la salle. Dès qu'ils eurent compris ce qui se passait, ils bondirent dans toute la salle dix-neuf, essayant toutes les tables et les chaises, les regardant s'effondrer avec délice, et renversant le mobilier têtu qui refusait de tomber tout seul.

— Oh ! là là ! cria quelqu'un.

— Les Vigiles, cria un autre — attribuant à qui de droit ce qui leur revenait.

La destruction de la salle dix-neuf prit exactement trente-sept secondes. Archie chronométrait depuis le seuil. Une douceur emplit sa poitrine lorsqu'il vit la classe se transformer en pagaille, un doux moment de triomphe qui compensait tous les sales trucs, ses notes affreuses, la boîte noire. Devant ce pandémonium, il comprit que c'était l'un de ses principaux triomphes, une de ces tâches à longue portée qui récompensent magistralement, assurées de devenir légendaires. Il pouvait imaginer les futurs élèves de Trinity parlant avec émerveillement du jour où la salle dix-neuf avait explosé. Il eut du mal à contenir un hurlement de joie en contemplant les dégâts – *c'est moi qui ai provoqué cela* –, le menton tremblant de Frère Eugène et son expression horrifiée.

Derrière le frère, l'énorme tableau se détacha soudain de ses amarres et glissa majestueusement sur le plancher, comme le rideau final tombant sur le chaos.

– Toi !

Archie entendit la voix pleine de fureur à l'instant même où il sentait des mains qui le faisaient tourner sur lui-même. Il pivota et se trouva face à Frère Léon. Léon n'était pas blanc, cette fois. Des taches rouges brillaient sur ses joues comme s'il avait été maquillé pour quelque spectacle grotesque. Peut-être un spectacle d'horreur, parce qu'il n'y avait rien de drôle en lui à cet instant.

— Toi ! dit encore Léon en lui soufflant au visage l'arrière-goût fétide de son petit déjeuner — un affreux relent d'œufs au bacon. C'est toi qui as fait cela, dit Léon, en enfonçant les ongles dans l'épaule d'Archie et en montrant le désordre de la salle dix-neuf.

Des élèves curieux venant des autres classes s'étaient alors rassemblés aux deux portes de la salle, attirés par le tintamarre. Certains considéraient les dégâts avec crainte. D'autres regardaient curieusement Frère Léon et Archie. Peu importe ce qu'ils regardaient, c'était super — une interruption de la routine scolaire, une diversion dans l'ordre mortel d'une journée.

— Ne t'avais-je pas dit que je voulais que tout se passe bien ? Sans incidents ? Sans histoires ?

Le pire dans la colère de Léon était sa façon de parler tout bas, ce terrible sifflement forcé qui donnait à ses paroles un ton plus effrayant que s'il avait crié ou hurlé. En même temps, la pression sur l'épaule d'Archie se faisait plus forte et il grimaça de douleur.

— Je n'ai rien fait. Je n'ai rien promis, dit Archie automatiquement.

Toujours nier, ne jamais s'excuser, ne jamais rien admettre.

Léon poussa Archie contre un mur tandis que les gars remplissaient le couloir, entraient dans la salle dix-neuf pour voir les dégâts, tournaient en rond près de la porte en parlant et en gesticulant, en hochant la tête d'admiration – la légende avait déjà commencé.

– Je suis responsable, tu ne vois pas ? Cette école entière est à ma charge maintenant. La vente de chocolats est sur le point de commencer et tu déclenches quelque chose comme ça !

Léon le relâcha sans prévenir et Archie resta ainsi comme s'il était à moitié suspendu en l'air. Il se retourna et vit des types qui les regardaient, Léon et lui. Le regarder, lui ! Archie Costello humilié par ce salaud de professeur pleurnichard. Son doux moment de triomphe gâché par cet imbécile et sa ridicule vente de chocolats !

Furieux, Léon s'en alla, se frayant un passage dans le couloir encombré, et disparut dans le flot grossissant des élèves. Archie massa son épaule, tâtant avec amertume l'endroit où les ongles de Léon s'étaient enfoncés. Puis il se faufila dans la foule, en repoussant les gars qui s'entassaient près de la porte. Il resta ainsi à l'entrée à savourer le beau tableau de la salle dix-neuf — son chef-d'œuvre. Il vit Frère Eugène toujours là, au milieu du chaos, avec des larmes qui lui roulaient le long des joues.

Magnifique, magnifique.

Crétin de Frère Léon !

12

— Essaie encore, hurla l'entraîneur, la voix enrouée. Le point de rupture — sa voix s'enrouait toujours quand il perdait patience, quand il risquait de sortir de ses gonds.

Jerry se releva. La bouche sèche, il essaya de saliver. Ses côtes lui faisaient mal, tout son côté gauche était en feu. Il retourna à sa place derrière Adamo qui jouait centre. Les autres gars étaient déjà en ligne, tendus, prêts, conscients que l'entraîneur n'était pas content d'eux. Pas content ? Diable, il était furieux, écœuré. Il avait organisé cet entraînement spécial en donnant à ses « première année » une occasion de se battre contre quelques membres de l'équipe des seniors, pour montrer tout ce qu'il leur avait appris, et ils étaient moches, minables, affreux.

Il n'y eut pas de *huddle*. L'entraîneur hurla le code du jeu suivant, conçu pour feinter Carter, le gros *guard* costaud adverse, qui semblait prêt à ne faire qu'une bouchée des « première année ». Mais l'entraîneur avait dit : « Nous réservons quelques surprises à Carter. » C'était la tradition à Trinity de lancer les meilleurs joueurs contre les « première année » et d'inventer des stratégies pour les arrêter. C'était la seule récompense que l'équipe des « première année » récoltait, parce que la plupart étaient trop jeunes ou trop petits pour jouer contre les seniors.

Jerry s'accroupit derrière Adamo. Il était décidé à réussir ce coup. Il savait que le précédent n'avait pas marché faute de temps et parce qu'il n'avait pas vu Carter débouler d'il ne savait où. Il s'attendait à ce qu'il bombarde et, au lieu de cela, ce costaud avait reculé et contourné la ligne, prenant Jerry à revers. Ce qui faisait rager Jerry, c'était que Carter l'avait renversé doucement, en le mettant presque tendrement par terre, comme pour lui prouver sa supériorité. Je n'ai pas besoin de te massacrer, gars, c'est assez facile comme ça, semblait dire Carter. Mais c'était le septième jeu consécutif et le préjudice causé par les plaquages répétés commençait à se faire sentir.

– Allez, les gars, c'est la bonne. On gagne ou on perd.

– C'est terminé, les copains, se gaussa Carter.

Jerry donna le code, d'une voix qu'il espérait assurée. Il ne se sentait pas sûr de lui. Et pourtant il n'avait pas abandonné tout espoir. Chaque jeu était un recommencement, et, même s'il y avait toujours quelque chose qui semblait aller de travers, il avait l'impression qu'ils étaient près de la réussite. Il avait confiance dans des gars comme Cacahuète, Adamo et Croteau. Il fallait qu'ils gagnent tôt ou tard, tout le travail devait payer. Sauf si l'entraîneur les virait avant !

Les mains de Jerry étaient jointes comme le bec d'un canard qui attend le ballon pour l'avaler. À son signal, Adamo fit claquer le ballon dans ses paumes et Jerry se déplaça au même instant vers la droite, rapidement, les bras déjà en l'air, prêt à se tendre, prêt pour la passe.

Il vit Carter se faufiler encore à travers la ligne, comme un reptile monstrueux avec son casque, mais tout à coup Carter ne fut plus que bras et jambes s'agitant et tournoyant en l'air, frappé d'un coup bas par Croteau. Carter s'effondra sur Croteau et tous deux retombèrent enchevêtrés. Jerry eut soudain une sensation de liberté. Il continua à filer sans problème, cherchant à gagner du temps jusqu'à ce qu'il puisse localiser Cacahuète, grand et élancé, au bout du terrain, là où il devait attendre s'il avait réussi à se démarquer.

Tout à coup, Jerry vit la main de Cacahuète. Jerry se dégagea des doigts qui tiraient sur sa manche et il ne lâcha pas le ballon. Quelqu'un lui heurta la hanche mais il esquiva le coup. La passe fut magnifique. Il pouvait le dire, magnifique, droit au but, bien qu'il ne pût pas suivre le ballon parce qu'il fut jeté violemment au sol par Carter qui avait réussi à se remettre de sa chute. En heurtant le sol, Jerry entendit les cris et les ovations qui lui indiquèrent que Cacahuète avait bien reçu le ballon et réussi à marquer.

— Bien, bien, bien, bien.

La voix de l'entraîneur, éraillée et triomphante.

Jerry se remit debout. Carter lui donna une tape sur le derrière, en signe d'approbation.

L'entraîneur, balourd et toujours renfrogné, vint vers eux. De toute façon, il ne souriait jamais.

— Renault, dit-il, sans enrouement dans la voix. On pourrait quand même bien finir par te mettre *quarterback*, petit couillon maigrichon !

Avec tous les copains autour de lui, ainsi que Cachuète arrivant avec le ballon, Jerry, la respiration haletante, connut un instant de bonheur absolu, de félicité.

Il y avait une légende à l'école selon laquelle l'entraîneur ne vous acceptait pas comme joueur tant qu'il ne vous avait pas traité de couillon.

Les gars s'alignaient à nouveau. Jerry était au septième ciel, en attendant que le ballon lui arrive dans les mains.

Quand il rentra à l'école après l'entraînement, il trouva une lettre fixée sur la porte de son casier. Une convocation des Vigiles. Objet : « Attribution de tâche. »

13

— Adamo ?
— Oui.
— Beauvais ?
— Oui.
— Crane ?
— Ouais.
Crane le comédien. Jamais une réponse directe.
— Caroni ?
— Oui.

On voyait bien que Frère Léon s'amusait. Voilà ce qu'il aimait : être maître de la situation et que tout se passe bien, les élèves répondant vite, acceptant les chocolats, faisant montre d'esprit de corps. Cacahuète fut démoralisé en pensant à cet esprit de l'école. Depuis la destruction de la salle dix-neuf, il vivait dans un état de légère commotion. Il se réveillait déprimé chaque matin, sachant avant même d'ouvrir les yeux que quelque chose n'allait pas, que quelque chose allait de travers dans sa vie. Et à ce moment-là, il se rappelait : la salle dix-neuf.

Les un ou deux premiers jours avaient été assez drôles. Tout le monde avait appris que la destruction de la salle dix-neuf était le résultat de sa tâche assignée par les Vigiles. Bien que personne ne lui en parlât, il se retrouvait un peu comme un héros clandestin. Même les « quatrième année » le regardaient avec crainte et respect. Des types lui donnaient une tape amicale sur le derrière, vieille marque de distinction à Trinity. Mais les jours passant, un malaise s'établit dans l'école. Il y avait des rumeurs. Il y avait toujours plein de rumeurs, mais cette fois elles étaient relatives à l'incident de la salle dix-neuf. La vente des chocolats était repoussée d'une semaine et Frère Léon n'en donna qu'une brève explication lors de son discours à la chapelle. Le directeur était hospitalisé, il y avait beaucoup de papiers à faire, etc., etc. Il y avait aussi des bruits selon lesquels Léon menait une enquête discrète. On n'avait pas vu le pauvre Frère Eugène depuis cette matinée dévastatrice. Il faisait une dépression nerveuse, disait-on. D'autres rapportèrent qu'il y avait eu un deuil dans sa famille et qu'il avait dû s'absenter. De toute façon, les nuages s'accumulaient sur Cacahuète et il avait du mal à dormir la nuit. Malgré l'adulation des gars de l'école, il sentait comme une sorte de distance entre eux et lui. Ils l'admiraient certainement, mais ils ne voulaient pas être trop près au cas où il y aurait eu des retombées. Un après-midi, il avait rencontré Archie Costello dans le couloir et celui-ci l'avait pris à part.

– Si on t'appelle pour t'interroger, tu ne sais rien, avait-il dit.

Cacahuète ne pouvait pas savoir que c'était le genre de choses qu'Archie adorait faire – intimider, provoquer l'inquiétude. Depuis cela, bon sang, Cacahuète avait de l'appréhension et s'attendait toujours à voir son nom écrit sur le panneau d'affichage. Il ne voulait plus de l'adulation des autres – il voulait seulement être Cacahuète, jouer au football et courir le matin. Il redoutait une convocation de Frère Léon, se demandant s'il pourrait résister à un interrogatoire, s'il pourrait regarder ses yeux embués en face et lui mentir quand même.

– Goubert ?

Il comprit que Frère Léon avait appelé son nom deux ou trois fois.

— Oui, répondit Cacahuète.

Frère Léon attendit en le regardant, l'air perplexe. Cacahuète se recroquevilla.

— Tu ne sembles pas être tout à fait avec nous, aujourd'hui, Goubert, dit Léon. Mentalement, du moins !

— Excusez-moi, Frère Léon.

— À propos de mentalité, Goubert, tu te rends bien compte à quel point cette vente de chocolats est plus qu'une simple vente ou qu'un projet ordinaire, n'est-ce pas ?

— Oui, Frère Léon.

Est-ce que Léon tentait de l'appâter ?

— Le plus beau côté de cette vente, Goubert, c'est qu'elle est entièrement réalisée par les élèves. Ils vendent les chocolats. L'école ne fait que gérer le projet. C'est *votre* vente, *votre* projet.

— Foutaises, murmura quelqu'un, hors de portée de Léon.

— Oui, Frère Léon, dit Cacahuète soulagé, se rendant compte que le professeur était trop accaparé par ses chocolats pour chercher à juger de son innocence ou de sa culpabilité.

— Alors, tu acceptes les cinquante boîtes ?

— Oui, dit Cacahuète avec empressement. Cinquante boîtes, c'était beaucoup, mais il était content de dire oui et de ne plus être dans le collimateur. Léon avança cérémonieusement la main pour écrire le nom de Cacahuète.

— Harnett ?
— Oui.
— Johnson ?
— Pourquoi pas ?

Léon accepta cette petite pointe de moquerie de la part de Johnson, parce qu'il était de très bonne humeur. Cacahuète se demanda s'il serait encore lui-même de bonne humeur un jour. Cela le rendit perplexe. Pourquoi fallait-il qu'il s'en fasse tant pour la salle dix-neuf ? Était-ce à cause de la démolition ? En fait, les tables et les chaises avaient été remontées le lendemain. Léon avait cru infliger une punition aux gars choisis pour faire le boulot, mais il y avait eu un renversement de la situation, chaque vis, chaque meuble rappelant le merveilleux événement. Des gars s'étaient même portés volontaires pour ce travail. Alors, pourquoi cette terrible culpabilité ? À cause de Frère Eugène ? Sans doute. Maintenant, à chaque fois que Cacahuète passait à côté de la salle dix-neuf, il ne pouvait s'empêcher d'y jeter un coup d'œil.

La salle ne serait plus jamais la même, bien sûr. Le mobilier craquait bizarrement, comme s'il allait encore s'effondrer sans prévenir. Les différents professeurs qui utilisaient la salle étaient mal à l'aise – on aurait dit qu'ils avaient de l'appréhension. De temps en temps, un gars laissait tomber un livre, juste pour voir le professeur tressaillir ou sursauter de peur.

Plongé dans ses pensées, Cacahuète ne remarquait pas qu'un silence terrible avait envahi la classe. Mais il s'en rendit compte en apercevant le visage de Frère Léon, plus blanc que jamais, et ses yeux brillants comme des flaques d'eau au soleil.

– Renault ?

Le silence retomba.

Cacahuète jeta un coup d'œil vers Jerry, trois tables plus loin.

Jerry était raide, les coudes sur sa table, regardant droit devant lui, comme en état d'hypnose.

– Tu es bien présent, n'est-ce pas, Renault ? demanda Léon en essayant de transformer l'évidence en plaisanterie. Mais son effort eut l'effet contraire. Personne ne rit.

– Renault, une dernière fois.

– Non, dit Jerry.

Cacahuète n'était pas sûr d'avoir bien entendu. Jerry avait parlé si bas, en bougeant si peu les lèvres, que sa réponse avait été indistincte, malgré le silence complet.

— Quoi ? dit Léon.

— Non.

Le désordre, à présent. Quelqu'un rit. Une plaisanterie en classe était toujours appréciée, du moment que ça rompait la monotonie de la routine.

— As-tu dit *non*, Renault ? demanda Frère Léon, d'un ton irascible.

— Oui.

— Oui quoi ?

Cet échange ravit la classe. On entendit un ricanement, puis un gloussement suivi de l'étrange silence qui s'empare d'une classe quand il arrive quelque chose d'inhabituel ; cette façon qu'ont les élèves de sentir une différence d'atmosphère, une transformation du climat, comme un changement de saison.

— Voyons cela de plus près, Renault, dit Frère Léon, et sa voix maîtrisa la classe de nouveau. J'ai appelé ton nom. Ta réponse aurait pu être *oui* ou *non*. *Oui* signifie que, tout comme les autres élèves de cette école, tu acceptes de vendre un certain nombre de chocolats, dans ce cas, cinquante boîtes. *Non* — et je tiens à faire remarquer que cette vente est strictement facultative, Trinity ne forçant personne à participer contre son gré, c'est là sa grande gloire –, *non* signifie que tu refuses de participer. Alors, quelle est donc ta réponse ? Oui ou non ?

— Non.

Cacahuète regardait Jerry, incrédule. Était-ce bien Jerry Renault qui avait toujours l'air un peu inquiet, pas trop sûr de lui, même après avoir réalisé une passe magnifique, et qui paraissait toujours un peu désorienté – était-ce lui réellement qui défiait Frère Léon ? Pas seulement Frère Léon mais une tradition de Trinity ? Puis, en regardant Léon, Cacahuète vit le professeur comme en Technicolor, le sang lui battant les tempes, les yeux humectés comme des spécimens dans les éprouvettes de laboratoire. Finalement, Frère Léon baissa la tête et le crayon bougea dans sa main tandis qu'il faisait une sorte de marque affreuse à côté du nom de Jerry.

Le silence de la classe avait un caractère que Cacahuète n'avait jamais ressenti. Figé, mystérieux, étouffant.

— Santucci ? appela Léon, la voix étranglée, mais luttant pour la rendre normale.

— Oui.

Léon leva les yeux, souriant à Santucci, ce qui refoula la rougeur de ses joues ; le sourire d'un entrepreneur de pompes funèbres devant un cadavre.

— Tessier ?
— Oui.
— Williams ?
— Oui.

Williams était le dernier. Il n'y avait personne dans cette classe dont le nom commençât par X, Y ou Z. Le *oui* de Williams resta en suspens. Personne n'avait l'air de regarder personne.

— Vous pouvez prendre vos chocolats dans le gymnase, messieurs, dit Frère Léon, les yeux brillants — et embués. Ceux qui sont les véritables fils de Trinity, bien sûr. Je plains ceux qui ne le sont pas. (Cet affreux sourire restait sur son visage.) La classe peut disposer, dit Léon, bien que la sonnerie n'eût pas retenti.

14

Voyons, il savait qu'il pouvait compter sur sa tante Agnès et sur Mike Terasigni dont il tondait la pelouse toutes les semaines, en été, et sur le Père O'Toole, au presbytère (mais sa mère le tuerait si elle savait qu'il avait le Père O'Toole sur sa liste). Et aussi sur M. et Mme Thornton qui n'étaient pas catholiques mais qui voulaient toujours servir la bonne cause, et évidemment sur Mme Mitchell, la veuve dont il faisait les courses tous les samedis matin, et sur Henry Babineau, le célibataire, dont l'haleine horrible vous laissait presque sur le carreau en ouvrant la porte, mais qui était reconnu comme le plus aimable et le plus gentil des hommes par toutes les mères du quartier...

John Sulkey aimait préparer des listes, à chaque fois qu'il y avait une vente à l'école. L'année précédente, en troisième année, il avait gagné le premier prix pour avoir vendu le plus de tickets pour une tombola – cent vingt-cinq carnets, douze tickets par carnet – et reçu une décoration spéciale le jour des prix, à la fin de l'année scolaire. Seule récompense qu'il ait jamais eue – violet et or – (les couleurs de l'école), en forme de triangle, symbolisant la trinité. Ses parents rayonnaient de fierté. Il était mauvais en sport, très moyen en classe – à peine moyen – mais, comme disait sa mère : Tu as fait de ton mieux et Dieu s'occupera du reste. Bien sûr cela demandait réflexion. C'est pourquoi John faisait ses listes bien à l'avance. Quelquefois il allait même voir ses clients habituels avant la vente pour les prévenir. Il n'y avait rien qu'il aimait mieux qu'aller dans la rue tirer les sonnettes, voir l'argent s'entasser et voir le sourire du frère en lui remettant l'argent le lendemain, à l'appel. Il se rappelait avec enthousiasme quand il était monté sur l'estrade pour sa récompense passée et comment le directeur avait parlé de Mission envers l'École, et comment « John Sulkey donnait l'exemple de ces qualités fondamentales », mots qui retentissaient encore dans la mémoire de John, surtout quand il voyait ces rangées indistinctes de C et de D sur son bulletin scolaire, chaque trimestre. Enfin. Une autre vente. Des chocolats. Deux fois plus chers que l'an passé, mais John avait confiance. Frère Léon avait promis d'afficher spécialement dans le grand couloir du rez-de-chaussée les noms de ceux qui réaliseraient leur quota ou le dépasseraient. Un quota de cinquante boîtes. Bien plus que les autres fois, ce qui rendait John joyeux. Ce serait plus dur pour les autres – ils se plaignaient déjà –, mais John avait absolument confiance. En fait, quand Frère Léon avait parlé de l'affichage spécial, John Sulkey aurait pu jurer qu'il le regardait – comme si Frère Léon comptait personnellement sur lui pour donner l'exemple.

Donc, voyons, le nouveau lotissement de Maple Terrace. Peut-être devrait-il faire une investigation spéciale de ce côté-là, cette année. Il y avait neuf ou dix logements nouveaux. Mais d'abord les fidèles, les gens qui étaient devenus des clients réguliers : Mme Swanson qui sentait quelquefois l'alcool mais qui était toujours prête à acheter quelque chose, bien qu'elle le retînt trop longtemps par ses ragots sur des gens que John Sulkey ne connaissait même pas ; et le bon vieil oncle Louie sur lequel on pouvait compter, qui était toujours en train de bichonner sa voiture bien que cela semblât faire partie d'un autre âge, à cette époque ; et puis les Capoletti, au bout de la rue, qui l'invitaient toujours à entrer manger quelque chose, de la pizza froide dont John ne raffolait pas, avec l'odeur d'ail qui vous anéantissait presque, mais il fallait faire des sacrifices, petits ou grands, au nom de la Mission envers l'École...

— Adamo ?
— Quatre.
— Beauvais ?
— Une.

Frère Léon s'arrêta et leva les yeux.

— Beauvais, Beauvais. Tu peux faire mieux que ça. Une seulement ? Voyons, l'an dernier, tu as battu le record du nombre de boîtes vendues en une semaine.

— Je suis lent à m'y mettre, dit Beauvais. (C'était un bon gars, pas vraiment un as à l'école, mais gentil, sans un seul ennemi au monde.) On verra la semaine prochaine, dit-il.

La classe rit et le frère aussi. Cacahuète rit aussi, content de cette petite diversion. Il trouvait que, depuis quelques jours, les gars de la classe avaient tendance à rire pour des riens, simplement parce qu'ils semblaient chercher un peu de divertissement pour prolonger l'appel, le prolonger jusqu'à ce qu'on arrive aux R. Tout le monde savait ce qui se passerait quand on en arriverait au nom de Renault. C'était comme si le rire leur permettait d'ignorer la situation.

– Fontaine ?

– Dix !

Une salve d'applaudissements menée par Frère Léon en personne.

– Magnifique, Fontaine. Belle ardeur, belle preuve de courage.

Cacahuète avait du mal à ne pas regarder Jerry. Son ami se tenait raide et tendu, les jointures blanches. C'était le quatrième jour de vente et Jerry répondait toujours *non* le matin, en regardant droit devant lui fixement, crispé, décidé. Oubliant un instant ses propres soucis, Cacahuète avait essayé de se rapprocher de Jerry en quittant le terrain après l'entraînement de la veille. Mais Jerry s'était écarté. « Laisse-moi tranquille, Cacahuète », avait-il dit. « Je sais ce que tu veux me demander – mais ce n'est pas la peine. »

– Parmentier ?

– Six.

Et puis la tension augmenta. Jerry était le suivant. Cacahuète entendit un son bizarre, presque comme si toute la classe avait pris une inspiration en même temps.

— Renault ?

— Non.

Un temps d'arrêt. On aurait pu croire que Frère Léon était alors habitué à la situation, qu'il aurait passé rapidement sur le nom de Renault. Mais chaque jour, la voix du professeur tintait avec espoir et chaque jour arrivait la réponse négative.

— Santucci ?

— Trois.

Cacahuète respira. Tout le reste de la classe aussi. Tout à fait par hasard, il leva les yeux au moment où Frère Léon inscrivait le nombre de Santucci. Il vit la main trembler. Il eut la terrible impression qu'une condamnation pesait sur eux tous.

Les grosses jambes courtes de Tubs Casper lui firent faire le tour du quartier en ce qui était pour lui un temps record. Il aurait fait mieux si l'un des pneus de sa bicyclette n'avait pas été à plat, pas seulement à plat mais complètement irréparable, et il n'avait pas d'argent pour en acheter un neuf. En fait, c'était un besoin absolu d'argent qui incitait Tubs à courir la ville comme un fou d'une maison à l'autre, à frapper et sonner aux portes, en trimbalant ses chocolats. Il fallait aussi qu'il le fasse en cachette de son père et de sa mère. Peu de chance que son père le rencontre – il travaillait au magasin. Mais sa mère, c'était tout à fait différent. Elle était dingue de la voiture, comme son père disait, elle ne pouvait pas supporter de rester à la maison et était toujours en erre et en chemin.

Le bras gauche de Tubs commençait à lui faire mal, sous le poids des chocolats, et il passa le fardeau de l'autre côté, en prenant le temps de palper le renflement rassurant de son portefeuille. Il avait déjà vendu trois boîtes – six dollars –, mais ce n'était pas assez, bien sûr. Il lui en manquait encore. Il lui en fallait diablement plus ce soir, et personne, mais personne n'avait acheté de chocolats dans les six dernières maisons qu'il avait faites. Il avait économisé tout ce qu'il avait pu sur son pécule et avait même chapardé un billet d'un dollar, plié et graisseux, dans la poche de son père, la veille, quand il était rentré à moitié ivre et chancelant. Il avait horreur de cela – voler son propre père. Il s'était juré de lui rendre l'argent dès que possible. Quand ? Tubs ne savait pas. L'argent, l'argent, l'argent était devenu un besoin constant dans sa vie, l'argent et son amour pour Rita. Son pécule lui permettait à peine de l'emmener au cinéma et de prendre ensuite un Coca. Deux dollars cinquante chacun pour le cinéma, cinquante cents pour deux Coca. Et ses parents la détestaient, on ne savait pas pourquoi. Il fallait qu'il la voie en cachette. Il devait l'appeler de chez Ossie Baker. Elle est trop âgée pour toi, disait sa mère, alors qu'en fait Tubs avait six mois de plus qu'elle. D'accord, elle *fait* vieux, disait sa mère. Ce que sa mère aurait dû dire, c'est qu'elle était belle. Elle était si belle qu'elle le rendait tout tremblant à l'intérieur, comme s'il y avait eu un tremblement de terre. La nuit, au lit, il pouvait éjaculer sans même se toucher, rien qu'en pensant à elle. Et maintenant que c'était demain son anniversaire, il fallait qu'il lui achète le cadeau qu'elle voulait, le bracelet qu'elle avait vu dans la vitrine de chez Black, ce terrible et magnifique bracelet tout étincelant, terrible à cause du prix indiqué : dix-huit dollars quatre-vingt-quinze plus la taxe. « *Chou* – elle ne l'appelait jamais Tubs –, c'est ce que je désire le plus au monde. » Jésus – dix-huit dollars quatre-vingt-quinze plus les 3 % de taxe, ce qui ferait, calcula Tubs, un gros total de dix-neuf dollars cinquante-deux, la taxe se montant à cinquante-sept cents. Il savait qu'il n'était pas obligé de lui acheter ce bracelet.

C'était une gentille fille qui l'aimait pour lui-même. Quand elle marchait avec lui sur le trottoir, son sein lui frôlait le bras, ce qui le mettait en transe. La première fois qu'elle se frotta contre lui, il pensa que c'était un accident et il s'écarta, poli, pour laisser un espace entre eux. Puis elle recommença – c'était le soir où il lui avait acheté des boucles d'oreilles – et il comprit que ce n'était pas accidentel. Il se sentit bander et en éprouva de la honte et de l'embarras en même temps qu'une joie intense. Lui – Tubs Casper, avec ses quinze kilos de trop que son père n'oubliait jamais de lui rappeler. Lui – avec le sein de cette belle fille contre lui, pas belle selon les critères de sa mère, mais belle avec sa maturité sauvage, le jean bleu délavé serrant ses hanches, et ces beaux seins rebondissant sous son pull. Elle n'avait que quatorze ans et lui à peine quinze, mais ils s'aimaient sacrément, et c'était seulement l'argent qui les séparait, l'argent pour prendre le bus et aller chez elle, parce qu'elle habitait de l'autre côté de la ville, et ils avaient décidé de se voir le lendemain, jour de son anniversaire, à Monument Park, un genre de pique-nique ; elle apporterait les sandwiches et lui, le bracelet — il savait les plaisirs qui l'attendaient, mais il savait aussi au fond de lui que le bracelet était plus important que tout le reste...

Il était tout à sa précipitation, hors d'haleine et fatigué, essayant de trouver cet argent qui le mettrait finalement en situation difficile, il le sentait confusément. Où trouverait-il assez d'argent pour rendre tout cela quand il faudrait rapporter son dû à l'école ? Mais tant pis — il verrait cela plus tard. Pour l'instant, il avait besoin d'en trouver et Rita l'aimait — demain, elle le laisserait sans doute mettre la main sous son pull.

Il sonna à la porte d'une maison à l'air cossu dans Stern Avenue et prépara son plus doux et innocent sourire pour la personne qui ouvrirait.

Les cheveux de la femme étaient mouillés et en désordre, et un petit gamin de deux ou trois ans environ la tirait par sa jupe.

— Des chocolats ? demanda-t-elle avec un rire aigre. (Comme si Paul Consalvo avait proposé la chose la plus absurde au monde.) Vous voulez que j'achète des chocolats ?

Le bébé, avec ses couches mouillées et pendantes, appelait : « Maman… maman… » Et un autre gamin hurlait quelque part dans l'appartement.

— C'est pour une bonne cause, dit Paul. L'école Trinity.

Paul fronça le nez en sentant l'odeur du pipi.

— Jésus, dit la femme, des chocolats !

— Maman… maman…, braillait le gamin.

Paul plaignait les adultes coincés dans leurs maisons ou appartements avec des gamins et le travail à faire. Il pensa à ses propres parents et à leur vie inutile — son père sombrant dans le sommeil tous les soirs après le souper et sa mère fatiguée, qui avait toujours l'air de se traîner. Quelle était donc leur raison de vivre ? Il avait toujours envie de partir de la maison. « Où vas-tu tout le temps ? » demandait sa mère quand il désertait les lieux. Comment lui dire qu'il détestait la maison, que sa mère et son père étaient morts et ne le savaient pas, que, s'il n'y avait pas la télévision, ce serait comme une tombe ? Il ne pouvait pas dire cela parce qu'il les aimait vraiment, et que si la maison prenait feu au milieu de la nuit, il les sauverait, il serait prêt à sacrifier sa vie pour eux. Mais, mon Dieu, c'était si ennuyeux, si mortel à la maison. Pour quoi pouvaient-ils bien vivre ? Ils étaient trop vieux pour le sexe, bien que Paul ne s'attardât pas à cette pensée. Il ne pouvait pas croire que sa mère et son père réellement...

— Je regrette, dit la femme en lui fermant la porte au nez, hochant encore la tête d'étonnement devant sa proposition.

Paul resta à la porte, se demandant quoi faire. Il n'avait pas eu de chance cet après-midi, il n'avait pas vendu une seule boîte. De toute façon, il détestait cela, bien que ça lui donnât l'excuse de sortir de la maison. Mais il ne pouvait pas vraiment y mettre du cœur. Il faisait juste semblant.

À la porte de l'immeuble, Paul considéra ses possibilités : insister malgré sa malchance du moment ou rentrer chez lui. Il traversa la rue et sonna à la porte d'un autre immeuble. Dans un immeuble, on pouvait faire cinq ou six familles d'un coup, même si ça sentait presque toujours le pipi.

Frère Léon avait nommé Brian Cochran « volontaire » pour être trésorier de la vente de chocolats. Ce qui signifiait que son regard embué avait fait le tour de la classe, s'était arrêté sur Brian, qu'il avait tendu le doigt et *voilà*, comme disait Frère Aimé en cours de français, Brian était trésorier. Il détestait ce boulot parce que Frère Léon le terrorisait. On ne savait jamais avec lui. Brian était en quatrième année et il avait Léon comme professeur et comme surveillant depuis quatre ans, mais il était toujours mal à l'aise en sa présence. Ce professeur était imprévisible et pourtant prévisible en même temps, raisonnement qui perturbait Brian parce qu'il n'était pas tout à fait un as en psychologie. C'était ainsi : vous saviez que Léon ferait toujours l'inattendu – n'était-ce pas être à la fois prévisible et imprévisible ? Il adorait balancer des tests-surprises dans une classe – et il pouvait être aussi soudainement gentil et ne pas donner de devoirs pendant des semaines, ou bien, après une interrogation écrite, ne pas tenir compte des résultats. Ou bien encore concocter un devoir-piège – il était réputé pour ce genre-là – où il rassemblait des questions qui pouvaient mettre un gars dans l'embarras par le million de réponses apparemment possibles. Il s'y entendait aussi à utiliser la baguette, bien qu'il réservât généralement cette sorte de truc aux « première année ». S'il avait ramené ses singeries avec quelqu'un, disons comme Carter, ça aurait bardé. Mais tout le monde n'était pas John Carter, président des Vigiles, *guard* vedette de l'équipe de football et président du club de boxe. Comme Brian Cochran aurait aimé être pareil à John Carter, rapide avec des gants de boxe plutôt qu'en calcul, et avec des muscles à la place de lunettes.

À propos de chiffres, Brian Cochran recommença à vérifier les totaux des ventes. Comme d'habitude, il y avait une différence entre la somme de chocolats inscrits comme vendus et l'argent réellement reçu. C'était bien connu que les gars gardaient un peu d'argent jusqu'au dernier moment. Ordinairement personne ne disait rien – c'était humain. Beaucoup de gars vendaient les chocolats, dépensaient l'argent lors d'un rendez-vous ou d'une soirée importante, et puis le rendaient quand ils touchaient leur argent de poche ou leur paie pour le petit boulot qu'ils faisaient. Mais cette année, Frère Léon agissait comme si chaque dollar était une question de vie ou de mort. En fait, il allait le rendre fou.

Le boulot de trésorier exigeait de Brian qu'il passe dans chaque salle à la fin de la journée pour noter les nombres que les gars avaient indiqués. Combien de boîtes vendues. Combien d'argent rentré. Ensuite Brian allait dans le bureau de Frère Léon et totalisait tous les chiffres. Puis Frère Léon arrivait et vérifiait. Simple, non ? Pas du tout ! La façon dont Frère Léon se comportait cette année prêtait à l'événement un caractère de première importance. Brian n'avait jamais vu le frère aussi crispé, aussi nerveux. Au début, il s'était amusé de l'appréhension du professeur, de la façon dont la sueur lui coulait de partout, comme si à l'intérieur il avait eu une pompe spéciale qui produisait toute cette transpiration. Quand il entrait dans le bureau et ôtait la veste noire qu'il devait porter en classe en toute saison, la sueur tachait ses aisselles et il sentait comme s'il venait de faire dix rounds sur le ring. Il remuait et faisait l'affairé, contrôlait deux fois les chiffres de Brian en mâchant son crayon et en arpentant la pièce.

Aujourd'hui, Brian était plus intrigué que jamais. Léon avait fait passer un rapport dans toutes les salles, indiquant un total des ventes de 4 582. Ce qui était faux. Les gars avaient vendu exactement 3 961 boîtes et avaient rendu l'argent pour 2 871. Les ventes restaient bien inférieures à celles de l'année précédente et la rentrée d'argent également. Il n'arrivait pas à comprendre pourquoi Léon avait fait un faux rapport. Croyait-il pouvoir les stimuler ainsi ?

Brian laissa tomber et calcula ses propres totaux, une fois de plus, pour être sûr que Frère Léon ne lui reprocherait pas d'erreurs. Il n'aurait pas aimé avoir Léon comme ennemi, ce qui lui avait fait accepter le boulot de trésorier sans faire de vagues. Brian était élève de la classe d'algèbre de Léon et il ne voulait pas risquer d'avoir du travail supplémentaire ou des F inexpliqués et soudains à ses devoirs.

En regardant une fois de plus le relevé, Brian vit le zéro à côté du nom de Jérôme Renault. Il rit. C'était le première année qui refusait de vendre des chocolats. Brian hocha la tête. Personne n'avait envie de s'attaquer au système ! Personne n'osait résister à Frère Léon ! Le gars devait être à moitié fou.

— Le Blanc ?
— Six.
— Malloran ?
— Trois.

Une pause. Pour prendre son souffle. C'était devenu un jeu maintenant — cet appel, ce moment fascinant dans la salle de Frère Léon. Même Cacahuète ne pouvait pas s'empêcher d'être pris par la tension, bien que toute cette situation lui fît un peu mal au cœur. Cacahuète était un gars paisible. Il détestait la violence, la contrainte. La paix, qu'on nous laisse en paix. Mais ce n'était pas paisible dans la salle de Frère Léon, le matin, quand il faisait l'appel pour la vente des chocolats. Il restait droit à son bureau, les yeux embués clignant dans la lumière matinale, tandis que Jerry Renault était assis comme d'habitude, sans émotion, impassible, les coudes appuyés sur sa table.

– Parmentier ?

– Deux.

Ça y est.

– Renault ?

On inspire.

– Non.

On souffle.

Avec la couleur qui se répandait sur son visage et avec ses veines apparentes, Léon ressemblait à une enseigne au néon écarlate.

– Santucci ?

– Deux.

Cacahuète avait hâte que la cloche sonne.

15

— Eh, Archie, appela Émile Janza.
— Oui, Émile.
— Tu as toujours la photo ?
— Quelle photo ? Et de réprimer un sourire.
— Tu sais laquelle.
— Oh, cette photo-là. Oui, Émile, je l'ai toujours.
— Je ne pense pas qu'elle soit à vendre, Archie.
— Non, pas à vendre, Émile. Que voudrais-tu qu'on en fasse de cette photo, hein ? À dire vrai, Émile, ce n'est pas la meilleure photo de toi. Je veux dire que tu ne souris même pas, ni rien. Tu as un drôle d'air. Mais tu ne souris pas, Émile.

Il avait aussi un drôle d'air, Émile Janza, à ce moment-là, et il ne souriait pas non plus. Tout autre qu'Archie aurait été intimidé par cet air-là.

— Où la gardes-tu, Archie ?

— En lieu sûr, Émile. Très sûr.

— C'est bien.

Archie se demandait s'il devait dire la vérité à propos de cette photo. Il savait qu'Émile pouvait être un ennemi redoutable. D'autre part, la photo aussi pouvait être utilisée comme une arme.

— Je vais te dire, Émile, dit Archie. Un jour, tu pourras peut-être avoir la photo pour toi tout seul.

Janza jeta sa cigarette contre un arbre et regarda le mégot ricocher dans le caniveau. Il sortit un paquet de sa poche, découvrit qu'il était vide et le jeta aussi en le regardant s'envoler le long du trottoir. Émile Janza se moquait de garder l'Amérique propre.

— Comment aurai-je la photo, Archie ?

— Eh bien, tu ne seras pas obligé de l'acheter, Émile.

— Tu veux dire que tu me la donnerais ? Il doit y avoir une attrape, Archie.

— Oui, Émile. Mais rien que tu ne puisses faire, quand le moment sera venu.

— Tu me diras quand ce sera le moment. D'accord, Archie ? demanda Émile en riant de son rire idiot.

— Tu seras le premier averti, dit Archie.

Le ton de leur conversation avait été léger, goguenard, mais Archie savait qu'Émile était très sérieusement coincé. Archie savait aussi que Janza serait pratiquement prêt à le tuer pendant son sommeil pour faire main basse sur la photo. Et, terrible ironie, il n'y avait pas de photo du tout. Archie avait simplement profité d'une situation ridicule. Voici ce qui était arrivé : Archie avait séché un cours et se promenait dans le couloir en évitant les frères. En passant devant un casier ouvert, il avait remarqué un appareil photo suspendu à l'un des crochets. Automatiquement, Archie l'avait pris. Il n'était pas voleur, non. Il pensait simplement l'abandonner quelque part pour que le propriétaire, quel qu'il soit, soit obligé de le chercher dans toute l'école. En entrant dans les toilettes pour fumer une clope, Archie avait ouvert l'un des W.-C. et s'était trouvé nez à nez avec Janza, assis là, le pantalon descendu, une main furieusement occupée entre ses jambes.

Archie avait pris l'appareil et fait semblant de prendre une photo, en criant : « Tiens bon ! »

« Magnifique », avait dit Archie.

Janza avait été trop choqué et surpris pour réagir rapidement. Le temps qu'il se remette, Archie était à la porte, prêt à se sauver si Janza faisait un geste.

— Tu ferais mieux de me donner cet appareil, avait dit Janza.

— Si tu dois te branler dans les W.-C., ferme au moins la porte, s'était gaussé Archie.

— Le verrou est cassé, avait répondu Émile. Tous les verrous sont cassés.

— Eh bien, ne t'inquiète pas, Émile. Ton secret est en sûreté avec moi.

À présent, Janza, se détournant d'Archie, regardait un première année qui se pressait de traverser la rue, à l'évidence inquiet parce qu'il avait peur d'être en retard au cours. Ça demandait un an ou deux pour faire un bon minutage qui permettait de s'attarder le plus longtemps possible à la porte.

— Hé ! le bizut, appela Janza.

Le gars leva les yeux, paniqué en voyant Janza.

— Peur d'être en retard ?

Le gars avala sa salive en hochant la tête.

— N'aie pas peur, bizut.

Le dernier signal retentit. Quarante-cinq secondes exactement pour se rendre dans les salles.

— Je suis complètement à court de cigarettes, déclara Émile, en tapotant ses poches.

Archie sourit, sachant ce que Janza allait faire. Janza se considérait comme candidat pour les Vigiles et il essayait toujours d'impressionner Archie.

— Ce que j'aimerais, c'est que tu coures chez Baker et que tu m'achètes un paquet de cigarettes.

— Je n'ai pas d'argent, protesta le garçon. Et je vais être en retard en classe.

— C'est la vie, gars. C'est comme ça. Pile je gagne, face tu perds. Si tu n'as pas d'argent, vole les clopes. N'importe lesquelles. Émile Janza n'est pas difficile.

Et de glisser son nom pour que le gars sache à qui il s'adressait au cas où il n'aurait pas été renseigné sur Émile Janza.

Archie attendait, sachant qu'il risquait une punition pour son retard. Mais il était fasciné par Janza, tout brutal et grossier qu'il était. Le monde était fait de deux sortes de gens — ceux qui étaient les victimes et ceux qui les prenaient comme victimes. Il n'y avait aucun doute sur la catégorie de Janza. Ni sur la sienne, non plus. Et aucun doute sur le gars qui repartait dans l'autre sens, les larmes coulant le long de ses joues.

— Il a l'argent, Archie, dit Émile. Tu te rends compte qu'il a l'argent et qu'il a le culot de mentir ?

— Je parie que tu fais aussi des croche-pieds aux vieilles dames dans les escaliers et que tu fais trébucher les infirmes dans la rue, dit Archie.

Janza se mit à rire.

Ce rire glaça Archie qui, lui-même, était jugé capable de faire mal aux vieilles dames et de faire trébucher les infirmes.

16

— Une si mauvaise note, Caroni.
— Je sais, je sais.
— Toi qui es d'habitude un si bon élève.
— Merci, Frère Léon.
— Comment sont tes autres notes ?
— Bonnes, Frère, bonnes. En fait, je croyais... je veux dire... je visais le tableau d'honneur ce trimestre. Mais maintenant, avec ce F...
— Je sais, dit le professeur, hochant la tête tristement, avec commisération.

Caroni était dérouté. Il n'avait jamais eu de F de sa vie. En fait, il avait rarement eu une note plus basse que A. Les deux dernières années, à St Jude, il n'avait eu que des A, sauf un B plus, un trimestre. Il avait eu de si bons résultats à l'examen d'entrée de Trinity qu'on lui avait accordé l'une des rares bourses de l'école — cent dollars pour l'aider à payer son enseignement, et sa photo dans le journal. Et maintenant, ce terrible F, un devoir ordinaire se transformant en cauchemar.

— Ce F m'a surpris aussi, dit Frère Léon. Parce que tu es un excellent élève, David.

Caroni leva soudain les yeux avec espoir et étonnement. Frère Léon appelait rarement un élève par son prénom. Il gardait toujours une distance entre lui et ses élèves. « Il y a une ligne invisible entre professeurs et élèves, disait-il toujours, et elle ne doit pas être franchie. » Mais, à présent, en l'entendant prononcer « David » d'une façon si amicale, avec tant de gentillesse et de compréhension, Caroni se permettait d'espérer — mais quoi ? Ce F avait-il été une erreur, après tout ?

— C'était un devoir difficile pour plusieurs raisons, continua le professeur. Un de ces tests où la mauvaise interprétation subtile des faits conduisait à l'échec. En fait, c'était exactement ça — un devoir-piège. Et quand j'ai lu ta réponse, David, j'ai pensé que tu avais réussi ; sous de nombreux rapports, tu étais juste dans tes affirmations. Mais d'un autre côté...

Sa voix s'estompa, il semblait perdu dans ses pensées, perplexe.

Caroni attendait. Un klaxon retentit dehors – le car scolaire s'en allait poussivement. Il pensa à son père et à sa mère et à ce qu'ils feraient en apprenant son F. Cela baisserait sa moyenne – c'était presque impossible de rattraper un F, quel que soit le nombre de A qu'il réussisse à avoir.

– Une chose dont les élèves n'ont pas toujours conscience, David, continuait Frère Léon, à voix feutrée, comme s'il n'y avait personne au monde à part eux, comme s'il n'avait jamais parlé à personne d'autre de cette façon, une chose qu'ils ne pigent pas, c'est que les professeurs sont aussi des hommes. Des êtres humains comme les autres.

Frère Léon sourit comme s'il avait dit une plaisanterie. Caroni se permit un petit sourire timide, de peur de se tromper. Il fit chaud tout à coup dans la classe, elle paraissait bondée bien qu'il n'y eût qu'eux deux.

– Oui, oui, nous sommes tous trop humains. Nous avons nos bons et nos mauvais jours. Nous nous fatiguons. Notre jugement dérape quelquefois. Nous faisons parfois – comme disent les élèves – une gaffe. C'est possible même pour nous de nous tromper en corrigeant les devoirs, surtout quand les réponses ne sont pas nettes et tranchées, ni tout l'un ni tout l'autre, ni blanc ni noir…

Caroni était maintenant tout ouïe, sur le qui-vive – que voulait dire Frère Léon ? Il le regarda avec attention. Le professeur était comme d'habitude – les yeux embués, ce qui rappelait à Caroni les oignons bouillis – la peau moite et blanche, et le parler calme, toujours maîtrisé. Il avait à la main un morceau de craie blanche qu'il tenait comme une cigarette. Ou peut-être comme une baguette en miniature.

— As-tu déjà entendu un professeur admettre qu'il puisse se tromper, David ? T'as quelquefois entendu ça ? demanda Frère Léon en souriant.

— Comme un arbitre qui reconnaît avoir fait une erreur ? dit Caroni en s'associant à la petite plaisanterie du professeur.

Mais pourquoi cette plaisanterie ? Pourquoi tout ce discours sur les erreurs ?

— Oui, oui, approuva Léon. Personne n'est à l'abri des erreurs. Et c'est compréhensible. Nous avons tous des fonctions et nous devons les remplir. Le directeur est encore à l'hôpital et je prends comme un privilège d'agir en son nom. En outre, il y a les activités extrascolaires. La vente des chocolats, par exemple…

Frère Léon serrait fort le morceau de craie. Caroni remarqua que les articulations de ses doigts étaient presque aussi blanches que la craie. Il attendait que le professeur continue. Mais le silence s'établit. Caroni observait la craie entre les mains de Frère Léon, la façon dont il appuyait dessus, la faisait rouler entre ses doigts semblables à des pattes d'araignée enserrant une victime.

— Mais il y a toujours une récompense, continua Léon.

Comment se faisait-il que cette voix soit si calme alors que la main tenant la craie était si crispée, et les veines gonflées comme si elles menaçaient d'éclater à travers la peau ?

— Une récompense ?

Caroni avait perdu le fil de la pensée de Frère Léon.

— La vente de chocolats, dit Léon.

Et la craie se cassa dans sa main.

— Par exemple, reprit Léon, en lâchant les morceaux de craie et en ouvrant le cahier qui était si familier à tous ceux de Trinity, le cahier où l'on notait les ventes quotidiennes. Voyons… tu as bien travaillé pour la vente, David. Dix-huit boîtes vendues. Bien,

bien. Non seulement tu es un excellent élève mais tu as l'esprit de l'école.

Caroni rougit de plaisir — ça lui était impossible de résister à un compliment, même quand il était très embrouillé, comme c'était certainement le cas ici. Toute cette histoire de tests et de professeurs fatigués qui se trompent, et maintenant la vente des chocolats... et les deux morceaux de craie cassée laissés sur le bureau, comme des os blancs, des ossements humains.

— Si tout le monde faisait sa part comme toi, David, la vente serait une réussite instantanée. Bien sûr, tout le monde n'a pas ton esprit, David...

Caroni ne sut pas ce qui lui avait mis la puce à l'oreille. Peut-être la façon dont Frère Léon s'est arrêté à ce moment-là. Peut-être la conversation entière qui sonnait faux d'une certaine manière. Ou peut-être la craie dans les mains de Frère Léon, la façon dont il l'avait cassée en deux tandis que sa voix restait calme et assurée — quelle était l'imposture : la main qui tenait la craie, toute crispée et nerveuse, ou la voix calme et assurée ?

— Prends Renault, par exemple, continua Frère Léon. Il y a quelque chose de bizarre, n'est-ce pas ?

Et Caroni comprit. Il se vit en train de plonger dans les yeux humides et attentifs du professeur et, en un éclair éblouissant, il comprit de quoi il s'agissait, ce qui se passait, ce que Frère Léon faisait, la raison de cette petite conversation après les cours. La naissance d'un mal de tête au-dessus de son œil droit s'affirma, la douleur creusant sa chair – la migraine. La nausée s'en mêla. Les professeurs étaient-ils aussi corrompus que les traîtres dans les livres, au cinéma et à la télévision ? Il avait toujours adoré ses professeurs, il avait pensé le devenir lui-même un jour s'il pouvait surmonter sa timidité. Mais avec ça... maintenant... La douleur cogna plus fort dans sa tête.

– Je suis réellement ennuyé pour Renault, disait Frère Léon. Il doit être très perturbé pour agir ainsi.

– Sans doute, dit Caroni qui se tut, pas très sûr de lui et sachant pourtant très bien ce que Frère Léon voulait. Il avait vu Frère Léon faire l'appel tous les jours dans la classe, et se rétracter comme après un coup reçu, quand Jerry Renault continuait de refuser les chocolats. C'était devenu une sorte de plaisanterie parmi les copains. En fait, Caroni s'était inquiété pour Jerry Renault. Il savait que personne ne pouvait tenir tête à Frère Léon. Mais maintenant, il comprenait que Frère Léon avait été la victime. Ça doit le rendre dingue en ce moment, pensa David.

— Eh bien, David.

Alors l'écho de son nom, ici, dans la classe, le surprit. Il se demanda s'il avait encore de l'aspirine dans son casier. Laisse tomber l'aspirine, laisse tomber le mal de tête. Il savait maintenant où étaient les points, ce que Léon attendait. Pourtant, pouvait-il en être certain ?

— À propos de Jerry Renault..., dit Caroni — début sans risque dont il pouvait se dégager selon la réaction de Frère Léon.

— Oui ?

La main avait repris l'un des morceaux de craie et ce « oui ? » avait été trop prompt, trop soudain pour permettre le moindre doute.

Caroni se trouvait devant un dilemme et le mal de tête n'arrangeait pas les choses. Pouvait-il effacer ce F en disant simplement à Frère Léon ce qu'il voulait savoir ? Qu'y avait-il de si terrible à cela ? D'autre part, un F pouvait le perdre. Et que dire de tous les autres F que Léon mettrait peut-être à l'avenir ?

— Il y a quelque chose de bizarre chez Jerry Renault, s'entendit dire Caroni. Puis l'instinct lui fit ajouter : Mais je suis sûr que vous savez de quoi il s'agit, Frère Léon. Les Vigiles. Les tâches assignées...

— Bien sûr, bien sûr, dit Léon en s'enfonçant dans son siège et en lâchant doucement la craie.

— C'est un coup des Vigiles. Il est obligé de refuser de vendre les chocolats pendant dix jours — dix jours de classe — et puis d'accepter. Dites donc, ces Vigiles, c'est vraiment quelque chose, n'est-ce pas ?

Sa tête le faisait affreusement souffrir et son estomac était un océan de nausée.

— Les garçons seront toujours des garçons, disait Léon, en hochant la tête et en parlant tout bas. (C'était difficile de dire s'il était surpris ou soulagé.) Connaissant l'esprit de Trinity, c'était évident, bien sûr. Pauvre Renault. Tu te rappelles, Caroni, je disais qu'il devait être perturbé. Terrible de forcer un garçon à se mettre dans ce genre de situation, contre sa volonté. Mais alors, c'est terminé, n'est-ce pas, les dix jours ? Eh bien... ils seront passés, voyons... demain.

Il souriait gaiement maintenant et parlait comme si les mots eux-mêmes n'avaient plus d'importance et que seul le fait de parler était important, comme si les mots étaient des soupapes de sûreté. C'est alors que Caroni se rendit compte que Frère Léon avait dit son nom, mais cette fois, il n'avait pas dit *David*...

— Bon, je suppose que ça suffit maintenant, dit Frère Léon en se levant. Je t'ai retenu trop longtemps, Caroni.

— Frère Léon, dit Caroni. (On ne pouvait pas le congédier comme ça.) Vous avez dit que vous vouliez discuter ma note...

— Oh oui, oui, c'est vrai, mon garçon. Ce F.

Caroni sentit une menace peser sur lui. Mais il continua quand même.

— Vous avez dit que les professeurs font des erreurs s'ils sont fatigués...

Frère Léon était alors debout.

— Je vais te dire, Caroni. À la fin du trimestre, quand les notes seront arrêtées, je reverrai ce devoir-là. Peut-être que je serai plus dispos alors. Peut-être que je verrai des qualités qui m'avaient d'abord échappé...

C'était maintenant au tour de Caroni de se sentir soulagé, bien que son mal de tête fût toujours lancinant et que son estomac fût encore dérangé. Pire que cela, cependant, il avait cédé au chantage de Frère

Léon. Si les professeurs faisaient ce genre de choses, dans quel monde vivait-on ?

— D'un autre côté, Caroni, peut-être que le F sera maintenu, dit Frère Léon. Ça dépend...

— Je vois, Frère Léon, dit Caroni.

Et il voyait très bien – que la vie était pourrie, qu'il n'y avait pas de héros du tout, et qu'on ne pouvait faire confiance à personne, même pas à soi-même.

Il fallait qu'il sorte de là le plus vite possible avant de vomir sur le bureau de Frère Léon.

17

— Adamo ?
— Trois.
— Beauvais ?
— Cinq.

Cacahuète avait hâte que l'appel soit terminé. Ou plutôt qu'on arrive à Jerry Renault. Comme tout le monde, il avait fini par apprendre que Jerry accomplissait une tâche assignée par les Vigiles — c'est pourquoi il avait refusé de prendre les chocolats jour après jour, et qu'il ne voulait pas en parler avec Cacahuète. Maintenant, Jerry pourrait redevenir lui-même, à nouveau humain. Son football en avait pâti. « Qu'est-ce qui t'arrive, Renault, bon sang ? lui avait demandé la veille l'entraîneur, écœuré. Veux-tu jouer au foot ou pas ? » Et Jerry avait répondu :

« Je joue le jeu ! » Tous les gars avaient compris le double sens de sa réponse puisque c'était maintenant connu de tous. Lui et Cacahuète n'avaient eu qu'une seule et brève conversation à propos de la tâche assignée — en fait, ce n'était pas vraiment une conversation. La veille, en quittant l'entraînement, Cacahuète avait dit tout bas : « Quand est-ce que la tâche prend fin ? » Et Jerry avait dit : « Demain, je prends les chocolats. »

— Harnett ?

— Une.

— Tu peux faire mieux que ça, Harnett, dit Léon, mais il n'y avait pas de colère, ni même de déception dans sa voix. Frère Léon était joyeux ce jour-là et son humeur s'était transmise à toute la classe. Voilà comment étaient les cours de Léon — il donnait le ton et l'atmosphère. Quand Frère Léon était heureux, tout le monde était heureux, quand il était triste, tout le monde était triste.

— Johnson ?

— Cinq.

— Bien, bien.

Killelea... Le Blanc... Malloran... l'appel continuait, les voix annonçant les ventes, et le professeur suivant la liste sur la feuille. Les noms et les réponses faisaient presque un chant, une mélodie pour une classe, un air à plusieurs voix. Puis Frère Léon appela : « Parmentier. » Et il y eut une tension dans l'air. Parmentier aurait pu crier n'importe quel nombre que ça n'aurait rien fait, ça n'aurait provoqué aucune réaction. Parce que le nom suivant, c'était Renault.

— Trois, dit Parmentier.

— Bien, répondit Frère Léon en inscrivant le nombre près de son nom. Puis, levant les yeux, il appela :

— Renault ?

Silence. Un sacré silence.

— Non !

Cacahuète eut l'impression que ses yeux étaient l'objectif d'une caméra dans l'un de ces documentaires de la télévision. Il se retourna brusquement vers Jerry et vit le visage de son ami, blanc, la bouche à demi ouverte, et ses bras pendant de chaque côté. Puis il pivota pour regarder Frère Léon et lut l'émotion sur le visage du professeur, la bouche dessinant un ovale étonné. On eût presque dit que Jerry et le professeur étaient des reflets dans un miroir.

Finalement Frère Léon baissa les yeux.

– Renault, dit-il à nouveau, d'un ton cinglant.

– Non. Je ne vendrai pas les chocolats.

Les villes s'effondrèrent. La terre s'ouvrit. Les planètes basculèrent. Les étoiles vacillèrent. Et cet affreux silence.

18

Pourquoi as-tu fait cela ?
Je ne sais pas.
Es-tu devenu fou ?
Peut-être.
C'était une chose stupide.
Je sais, je sais.
La façon dont ce non *est sorti de ta bouche… Pourquoi ?*
Je ne sais pas.

C'était comme un interrogatoire sauf qu'il était à la fois l'inquisiteur et le suspect, le flic obstiné et le prisonnier traqué, coincé cruellement sous le cercle de lumière aveuglante d'un projecteur. Tout cela dans sa tête, bien sûr, tandis qu'il se retournait dans son lit, le drap enroulé autour de lui comme un linceul suffocant.

Il se débattit dans son drap, terrorisé soudain par la claustrophobie, par la peur d'être enterré vivant. Conscient de sa mortalité, il se retourna encore, emmêlé dans ses couvertures. Son oreiller tomba du lit, heurta le plancher avec un bruit mat semblable à celui d'un petit corps atterri là. Il pensa à sa mère dans le cercueil. Quand est-ce que la mort était survenue ? Il avait lu un article dans une revue, sur les greffes du cœur – même les docteurs n'arrivaient pas à se mettre d'accord sur le moment exact où la mort survient. Écoute, se dit-il, personne ne peut plus être enterré vivant de nos jours, ce n'est pas comme autrefois quand il n'y avait pas d'embaumement ou autre. Maintenant on enlève tout notre sang et on injecte des produits chimiques. Pour être certain qu'on est mort. Mais imagine, imagine simplement qu'il reste une petite étincelle de vie dans le cerveau qui comprend ce qui se passe. Sa mère. Lui-même, un jour.

Il sauta du lit, terrorisé, en envoyant valser le drap. Son corps était moite de sueur. Tremblant, il s'assit au bord du lit. Puis ses pieds touchèrent le sol et le contact frais du linoléum rétablit la réalité. Le spectre de la suffocation disparut. Il alla jusqu'à la fenêtre, dans le noir, et souleva le rideau. Le vent se levait, éparpillant les feuilles d'octobre qui voletaient jusque par terre comme des oiseaux blessés à mort.

Pourquoi as-tu fait cela ?

Je ne sais pas.

Comme un disque rayé.

Est-ce à cause de ce que Frère Léon fait à des gens comme Bailey, de la façon dont il les torture, dont il essaie de les ridiculiser devant tout le monde ?

Pas seulement, pas seulement.

Alors quoi ?

Il laissa retomber le rideau et observa la chambre en clignant des yeux dans la demi-obscurité. Il retourna à pas feutrés jusqu'à son lit, en tremblant dans cette fraîcheur particulière qui apparaît au milieu de la nuit. Il écouta les bruits nocturnes. Son père ronflait dans la pièce à côté. Une voiture passa à toute vitesse dans la rue. Il aimerait lui aussi s'en aller, quelque part, n'importe où. *Je ne vendrai pas les chocolats.* Mince alors !

Il n'avait pas décidé de faire une chose pareille, bien sûr. Il était content que cette terrible tâche soit terminée et que la vie redevienne normale. Chaque matin, il avait craint l'appel, la nécessité d'affronter le Frère Léon, de lui dire *non* et de voir sa réaction

— comment le professeur essayait de passer outre à la rébellion de Jerry, simulant l'indifférence d'une façon pathétique, mais tellement transparente, tellement fausse. Cela avait été drôle et terrible à la fois d'écouter Léon faire l'appel, d'attendre son nom, de finalement l'entendre fulgurer dans l'air et de répondre un *non* de défi. Le professeur aurait pu s'en tirer avec succès, n'étaient ses yeux. Ses yeux le trahissaient. Son visage restait impassible mais ses yeux laissaient voir sa vulnérabilité, donnaient un aperçu à Jerry de l'enfer qui brûlait à l'intérieur. Ces yeux embués, aux pupilles d'un bleu dilué noyé dans le blanc de l'œil, ces yeux qui reflétaient tout ce qui se passait dans la classe, qui réagissaient à tout. Après avoir appris que le secret de Frère Léon se cachait dans ses yeux, Jerry devint attentif, pour voir la façon dont ils trahissaient le professeur à chaque instant. Et puis vint un moment où Jerry fut fatigué de tout cela, fatigué d'observer le professeur, écœuré par l'affrontement qui n'en était pas vraiment un, puisque Jerry n'avait pas le choix. La cruauté le rendait malade. Car la tâche, il s'en rendit compte au bout de quelques jours, était cruelle, même si Archie Costello avait affirmé que ce n'était qu'un coup qui ferait bien rire tout le monde après. Et c'est pourquoi il avait finalement attendu impatiemment que cela se termine, que ce combat silencieux entre Frère Léon et lui-même cesse. Il voulait que la vie reprenne son cours normal – avec le football et même son travail, que ce poids quotidien compromettait. Il s'était senti isolé des autres camarades, séparé par le secret qu'il était forcé de garder. Il avait été tenté une fois ou deux de le partager avec Cacahuète. En fait, il avait presque été jusque-là quand Cacahuète avait essayé de lui parler. Cependant, il s'était efforcé de tenir bon les deux semaines, de garder le secret et tout, et d'en finir une bonne fois. Il avait croisé Frère Léon dans le couloir, un après-midi après l'entraînement, et avait vu la haine briller dans les yeux du professeur. Plus que de la haine : quelque chose de malade. Jerry s'était senti souillé, sali, comme s'il devait courir se confesser et mettre son âme à nu. Puis il s'était consolé · quand j'accepterai les chocolats et que Frère Léon se rendra compte que je ne faisais qu'accomplir une tâche assignée par les Vigiles, tout rentrera dans l'ordre.

Alors pourquoi avait-il dit *non* ce matin ? Il voulait que l'épreuve soit terminée – et cependant ce terrible *non* était sorti de sa bouche.

Une fois recouché, Jerry resta immobile pour essayer de retrouver le sommeil. En écoutant son père ronfler, il pensa à la façon dont celui-ci laissait vraiment passer sa vie en dormant, même quand il était réveillé, ne vivant pas réellement. Et moi ? Qu'est-ce qu'il avait dit le type, l'autre jour, le menton appuyé sur la Volkswagen, tel un Jean-Baptiste grotesque ? *Tu manques beaucoup de choses dans la vie.*

Il se retourna, faisant taire ses doutes et se remémorant la silhouette d'une fille qu'il avait vue en ville l'autre jour. Les livres qu'elle pressait contre sa poitrine faisaient bien ressortir ses seins ronds sous son pull. Si seulement ces livres étaient mes mains, avait-il songé avec envie. Sa main se lova entre ses jambes, il se concentra sur la fille. Mais pour une fois, ce ne fut pas bon, pas bon.

19

Le lendemain matin, Jerry découvrit ce que devait être une gueule de bois. Ses yeux le brûlaient à cause du manque de sommeil. Sa tête était en proie à des douleurs lancinantes. Son estomac était sensible au moindre mouvement et les cahots du bus provoquaient d'étranges réactions dans son corps. Cela lui rappela quand il était petit, les fois où il était malade en voiture alors qu'il se rendait à la plage avec ses parents et qu'ils devaient s'arrêter sur le bord de la route pour qu'il vomisse ou attende que la tempête s'apaise dans son estomac. Ce qui ajoutait à ses ennuis ce matin-là, c'était la possibilité d'un devoir de géographie, alors qu'il n'avait rien étudié la veille, tellement il avait été absorbé par la vente des chocolats et par ce qui s'était passé au cours de Léon.

À présent, il subissait les conséquences du manque de sommeil et de l'absence de travail – il essayait de lire une fichue leçon de géographie dans un bus cahotant et inconfortable, ébloui par la page blanche qui renvoyait la lumière matinale.

Quelqu'un se glissa sur le siège à côté de lui.

– Eh, Renault, t'as du cran, tu sais !

Jerry leva les yeux, aveuglé momentanément, le temps de passer de la page au visage du gars qui lui avait parlé. Il le connaissait vaguement – un de troisième année peut-être. Allumant une cigarette comme faisaient tous les fumeurs malgré les pancartes d'interdiction, le gars hocha la tête.

– Dis donc, tu l'as vraiment eu, ce salaud de Léon. Magnifique.

Il cracha la fumée, ce qui piqua les yeux de Jerry.

– Oh, dit-il, se sentant bête. Et surpris. Bizarre, il avait toujours pensé que c'était un combat personnel entre Frère Léon et lui-même, comme s'ils étaient tout seuls sur la planète. Or il se rendait compte que la situation avait pris de l'ampleur.

– J'en ai tellement marre de vendre ces saloperies de chocolats, dit le gars.

Il avait un gros problème d'acné, le visage pareil à une carte en relief. Et ses doigts étaient tachés par la nicotine.

— Je suis à Trinity depuis deux ans — j'ai fait ma première année à Monument High — et Dieu que je suis fatigué de vendre des trucs ! (Il essaya de faire un rond de fumée mais échoua. Pire que cela : la fumée revint dans le visage de Jerry en lui piquant les yeux.) Si ce n'est pas les chocolats, c'est les cartes de Noël. Si ce n'est pas les cartes de Noël, c'est du savon. Si ce n'est pas du savon, c'est des calendriers. Mais tu sais ?

— Quoi ? demanda Jerry, qui voulait retourner à sa géographie.

— Je n'avais jamais pensé à dire simplement non. Comme toi.

J'ai du travail, dit Jerry, ne sachant pas vraiment quoi dire.

— Dis donc, t'es à l'aise, tu sais ? dit le gars avec admiration.

Jerry rougit de plaisir malgré lui. Qui n'aime pas être admiré ? Et pourtant il se sentit coupable, sachant qu'il acceptait l'admiration du gars pour des faux-semblants et qu'il n'était pas du tout à l'aise, absolument pas. Sa tête martelait et son estomac menaçait de chavirer, et il se rendit compte qu'il devait affronter Frère Léon et l'appel, ce matin-là encore. Et tous les matins à venir.

Cacahuète l'attendait à l'entrée de l'école, l'air crispé et ému parmi les autres groupés là comme des prisonniers résignés à l'exécution, aspirant leur dernière bouffée de cigarette avant que la cloche se mette à sonner. Cacahuète prit Jerry à part. Jerry le suivit d'un air coupable. Il se rendit compte que Cacahuète n'était plus le joyeux gars insouciant qu'il avait connu à la rentrée. Que s'était-il passé ? Il avait été si absorbé par ses propres problèmes qu'il ne s'était pas soucié de Cacahuète.

— Mon Dieu, Jerry, pourquoi as-tu fait ça ? demanda-t-il en l'attirant loin des autres.

— Fait quoi ?

Mais il savait ce que Cacahuète voulait dire.

— Les chocolats.

— Je ne sais pas, Cacahuète, dit Jerry. (C'était inutile de tromper Cacahuète comme il avait trompé l'autre gars dans le bus.) C'est vrai... je ne sais pas.

— Jerry, tu cherches les ennuis. Frère Léon est synonyme d'ennuis.

— Écoute, Cacahuète, dit Jerry, qui voulait rassurer son ami, effacer cet air inquiet de son visage. Ce n'est pas la fin du monde. Quatre cents gars dans cette école vont vendre des chocolats. Quelle importance si je n'en vends pas ?

— Ce n'est pas aussi simple, Jerry. Frère Léon ne te laissera pas faire.

La cloche sonna. Les cigarettes furent balancées dans le caniveau ou écrasées dans le récipient plein de sable, près de la porte. Les dernières bouffées furent longuement tirées. Les types qui étaient assis dans les voitures à écouter du rock coupèrent la radio et claquèrent les portières derrière eux.

— Bien joué, gars, dit quelqu'un en passant vite, avec ce geste amical traditionnel de la tape sur le derrière. Jerry ne vit pas qui c'était.

— Continue, Jerry !

Ceci murmuré du bout des lèvres par Adamo qui détestait franchement Léon.

— Tu vois comme la nouvelle se répand ? souffla Cacahuète. Qu'est-ce qui est plus important : le football et tes notes ou cette fichue vente de chocolats ?

La cloche sonna une deuxième fois. Cela signifiait deux minutes encore pour aller à son casier et ensuite dans la salle.

Un « quatrième année » du nom de Benson s'approcha d'eux. Les « quatrième année » étaient redoutables pour des « première année ». Il valait mieux être ignoré que remarqué par eux. Mais Benson se dirigeait droit sur eux. C'était un cinglé, connu pour son manque de retenue, son mépris complet du règlement.

En s'approchant de Jerry et de Cacahuète, il se mit à imiter Jimmy Cagney*, en roulant des mécaniques.

— Eh, toi, le gars ! Je ne voudrais pas... Je ne voudrais pas être dans tes pompes... Je ne voudrais pas être dans tes pompes pour un empire... ni pour un millier de dollars...

Il donna une bourrade amicale à Jerry.

— De toute façon, tu ne pourrais pas les enfiler, Benson, cria quelqu'un.

Et Benson s'éloigna en dansant, tapant des pieds et virevoltant, avec un grand sourire à la Sammy Davis.

En montant les escaliers, Cacahuète dit :

— Fais-moi plaisir, Jerry. Prends les chocolats, aujourd'hui.

— Je ne peux pas, Cacahuète.

— Pourquoi ?

— Je ne peux pas, c'est tout. Je suis engagé maintenant.

---

* James Cagney : acteur de cinéma américain, né en 1899. Il a joué souvent des rôles de gangster.

— Nom de Dieu de Vigiles ! dit Cacahuète.

Jerry n'avait jamais entendu Cacahuète jurer. C'était un gars du genre calme, qui mesurait ses paroles, libre et insouciant, et qui courait autour du terrain tandis que les autres, crispés, restaient assis, pendant les sessions trimestrielles d'entraînement.

— Ce ne sont pas les Vigiles, Cacahuète. Ils n'y sont plus pour rien. C'est moi.

Ils s'arrêtèrent devant le casier de Jerry.

— Très bien, dit Cacahuète, résigné, sachant qu'il était inutile d'insister davantage pour l'instant. Jerry fut soudain triste de voir Cacahuète paraître si ému, comme un vieil homme chargé de tous les chagrins du monde, le visage mince, tiré et blême, les yeux inquiets comme s'il s'était réveillé après un cauchemar impossible à oublier.

Jerry ouvrit son casier. Le premier jour de classe, il avait fixé une affiche au fond. L'affiche montrait une grande étendue de sable, une zone de ciel avec une seule étoile qui brillait au loin. Un homme marchait sur la plage, petite silhouette solitaire dans toute cette immensité. Au bas de l'affiche on pouvait lire : *Oserai-je déranger l'univers ?* D'après Eliot, qui avait écrit le truc du *Waste Land* qu'ils étudiaient en anglais. Jerry n'était pas sûr du sens de l'affiche.

Mais ça l'avait mystérieusement touché. C'était une habitude, à Trinity, de décorer le fond de son casier avec une affiche. Jerry avait choisi celle-ci.

Il n'avait pas le temps alors de s'attarder sur cette affiche. La cloche sonnait pour la dernière fois et il avait trente secondes pour se rendre en classe.

— Adamo ?
— Deux.
— Beauvais ?
— Trois.

C'était un appel différent, ce matin, une mélodie nouvelle, une cadence nouvelle, Frère Léon tenant le rôle de chef d'orchestre et les élèves, celui des membres d'un orchestre de voix, mais avec quelque chose de faux dans la mesure, quelque chose de faux dans toute l'exécution, comme si les membres de l'orchestre contrôlaient la cadence à la place du chef. À peine Léon avait-il eu le temps d'appeler un nom que la réponse venait immédiatement, avant qu'il ait marqué quoi que ce soit sur le cahier. C'était le genre de jeu spontané qui arrivait dans les classes, sans préméditation, tout le monde se trouvant soudain complice. La rapidité des réponses obligeait Frère Léon à rester penché sur son bureau, affairé et griffonnant activement. Jerry était content de ne pas avoir à plonger dans ces yeux embués.

— Le Blanc ?
— Une.
— Malloran ?
— Deux.

Les noms et les nombres crépitaient dans l'air et Jerry remarqua alors quelque chose de curieux. Rien que des « Une », des « Deux » et quelquefois un « Trois ». Mais pas de « Cinq », pas de « Dix ». Et la tête de Frère Léon restait penchée, son attention concentrée sur le cahier. Et enfin...

— Renault ?

Cela aurait été si facile, en fait, de crier : « Oui. » De dire : « Donnez-moi des chocolats à vendre, Frère Léon. » Si facile d'être comme les autres, de ne pas avoir à affronter ce terrible regard chaque matin. Frère Léon leva finalement les yeux. Le rythme de l'appel avait été rompu.

— Non, dit Jerry.

Il fut submergé par une tristesse profonde et pénétrante qui le laissa désolé, comme un être rejeté sur une plage, seul survivant dans un monde plein d'inconnu.

20

— À cette période de l'histoire, l'homme commença à apprendre beaucoup sur son environnement...

Soudain, ce fut le tohu-bohu. La classe fut secouée de mouvements frénétiques sous le regard ahuri de Frère Jacques. Les garçons sautèrent de leur chaise, accomplirent une danse de fous, au rythme d'une musique inaudible, dans un silence complet – hormis le trot de leurs pieds qui était suffisamment bruyant – et puis ils se rassirent, le visage impassible, comme si de rien n'était.

Obie observait le professeur d'un air morose. Frère Jacques était visiblement désorienté. Désorienté ? Diable, il était au bord de la panique. Le rite durait depuis une semaine et il continuerait jusqu'à ce qu'on n'entende plus le mot. En attendant, les élèves devaient se transformer brusquement en une tempête de bras agités et de jambes remuantes, ce qui déroutait le pauvre frère. Bien sûr c'était facile, car Frère Jacques était nouveau, jeune et sensible, de la viande fraîche pour Archie. Et il ne savait évidemment pas quoi faire, alors il ne faisait rien, croyant sans doute que ça passerait. Et pourquoi risquer un affrontement futile quand c'était à coup sûr une plaisanterie ? Qu'est-ce que ça pouvait être d'autre ? Amusant, pensait Obie, tout le monde – les gars aussi bien que les professeurs – sait que ces coups-là sont décidés ou accomplis par les Vigiles, et pourtant ils préservent quand même cette atmosphère de mystère en refusant de reconnaître les faits. Obie se demandait pourquoi. Il avait été mêlé à tant de tâches des Vigiles qu'il ne les comptait plus, et qu'il était toujours stupéfait de voir comme ils s'en sortaient à chaque fois. En fait il était fatigué de ces tâches assignées, de jouer le larbin pour Archie, ainsi que le porte-flingue. Il était fatigué d'être le bras droit qui devait s'assurer que la tâche se déroulait selon les plans, pour maintenir la réputation d'Archie. Comme pour la salle dix-neuf, quand il avait dû s'y introduire en douce pour aider le gars Cacahuète à tout démonter – tout ce travail pour qu'Archie et les Vigiles en tirent gloire. Même cette tâche spéciale le mettait en cause. Si Frère Jacques omettait de dire le mot, Obie devait alors trouver un moyen de le lui souffler.

Le mot était *environnement*. Comme avait dit Archie en annonçant la tâche :

— Le monde d'aujourd'hui est concerné par l'écologie, l'environnement, nos ressources naturelles. Nous, à Trinity, nous devons aussi nous intéresser à cet environnement. Vous, les gars, dit-il en montrant les quatorze élèves de la section douze, classe II, dont Obie faisait partie, vous réaliserez notre campagne sur l'environnement. Disons au cours d'histoire des États-Unis de Frère Jacques. L'histoire doit être concernée par l'environnement, n'est-ce pas ? Donc, à chaque fois que Frère Jacques dit le mot *environnement*, voilà ce qui se passe...

Et Archie avait donné les instructions.

— Et s'il n'utilise pas le mot ? avait demandé quelqu'un.

Archie avait regardé du côté d'Obie.

— Oh, Frère Jacques utilisera le mot. Je suis sûr que quelqu'un — Obie peut-être — posera la question qui le lui fera dire. N'est-ce pas, Obie ?

Obie avait acquiescé, en cachant son écœurement. Pourquoi diable Archie le mêlait-il à une tâche, à ce niveau-là du jeu ? Il était « quatrième année », nom de nom ! Il était quand même secrétaire des foutus Vigiles ! Dieu, comme il détestait ce salaud d'Archie !

Un nouveau qui venait de Monument High avait demandé : « Que se passera-t-il quand Frère Jacques découvrira que nous nous moquons de lui ? Quand il découvrira que le mot-clé est *environnement ?* »

« Alors il cessera de l'employer », avait dit Archie. « Ce qui est le but de toute cette fichue affaire. J'en ai marre de toute cette foutaise d'environnement – et au moins nous aurons un professeur dans cette foutue école qui le supprimera de son vocabulaire. »

Pour sa part, Obie en avait marre d'Archie, de ramasser les morceaux derrière lui, de rendre ces petits services – comme pour la salle dix-neuf ou pour Frère Jacques, en lui posant une question qui ne puisse qu'amener le mot « environnement » dans la réponse. De toute façon, il en avait ras le bol de tout le système. Et il attendait aussi son heure, il attendait qu'Archie aille trop loin, qu'il commette une erreur.

La boîte noire était toujours là, mais qui pourrait dire quand la chance d'Archie tournerait ?

– Dans toute discussion sur l'environnement...

Encore une fois, pensa Obie, écœuré, tandis qu'il se retrouvait en train de sauter comme un fou, piétinant à mort, et détestant chaque minute de cette fichue affaire. Et son énergie s'épuisait.

Frère Jacques utilisa le mot « environnement » cinq fois encore dans les quinze minutes suivantes. Obie et les autres étaient pratiquement lessivés par tous ces sauts, las, à bout de souffle, les jambes commençant à leur faire mal.

Quand Frère Jacques utilisa le mot une sixième fois et que le bataillon fatigué se mit difficilement debout pour accomplir sa tâche, Obie vit un petit sourire se dessiner sur les lèvres du professeur. Et il comprit aussitôt ce qui s'était passé : ce salaud d'Archie avait dû informer Frère Jacques, anonymement bien sûr. Et le professeur avait retourné la situation. C'était lui maintenant qui menait la danse et qui faisait sauter les gars jusqu'à ce qu'ils tombent d'épuisement.

Quand ils quittèrent la salle, Archie était là, appuyé contre le mur, avec ce sourire de triomphe aux lèvres. Les autres gars ne comprirent pas ce qui s'était passé. Mais Obie, oui. Il lui jeta un regard qui aurait ratatiné n'importe qui d'autre, mais Archie se contenta d'afficher ce sourire stupide.

Obie, dédaigneux, s'éloigna, insulté, blessé. Espèce de salaud, pensa-t-il, je te revaudrai ça !

21

Kevin Chartier avait fait sept maisons après l'école sans vendre une seule boîte. Mme Connors, qui habite près du nettoyage à sec, lui avait dit de revenir à la fin du mois quand son chèque de sécurité sociale lui serait remis, mais il n'avait pas eu le courage de lui dire qu'il serait sans doute trop tard à ce moment-là. Il fut poursuivi par un chien pendant la moitié du chemin de retour. Un chien qui ressemblait à ces chiens terribles que les nazis utilisaient pour rattraper les prisonniers évadés des camps de concentration, dans ces vieux films, à la télé. Une fois rentré, il téléphona à son meilleur ami, Danny Arcangelo.

– Qu'est-ce que ça donne pour toi, Danny ? demanda Kevin, en s'efforçant d'ignorer sa mère qui se tenait près du téléphone et essayait de lui parler.

Kevin avait appris depuis longtemps à traduire en baragouin tout ce qu'elle disait. Elle pouvait bien se rompre la voix, la signification des mots n'atteignait pas ses oreilles. Un sacré tour !

— Je m'en sors terrible, pleurnicha Danny. (Il donnait toujours l'impression d'avoir besoin de se moucher.) J'ai vendu une boîte... à ma tante.

— Celle qui a du diabète ?

Danny éclata de rire. Une chose bien, chez Danny, c'est qu'il était bon public. Mais pas la mère de Kevin. Elle était encore en train de marmonner. Kevin savait ce qui la dérangeait. Elle ne voulait pas qu'il mange en téléphonant. Sa mère ne se rendait pas compte que manger n'était pas quelque chose qu'on faisait *à part*. On pouvait manger en faisant n'importe quoi d'autre en même temps. Enfin, presque. Ce n'est pas poli de parler au téléphone la bouche pleine, disait-elle. Mais à cette minute même, Danny avait justement la bouche pleine à l'autre bout du fil. Alors qui diable était impoli vis-à-vis de l'autre ? Et vis-à-vis de qui ? Absurde !

— J'ai l'impression que le gars Renault a trouvé la bonne solution, après tout, dit Kevin, la bouche pleine de beurre de cacahuète, ce qui, aurait-il aimé expliquer à sa mère, donnait plus de résonance à sa voix, comme celle d'un présentateur de disques.

— Le première année qui en fait voir de dures à Frère Léon ?

— Ouais. Il a carrément refusé de vendre cette camelote.

— Je croyais que c'était un truc des Vigiles, risqua Danny.

— *C'était*, dit Kevin, avec un regard narquois et triomphant vers sa mère qui abandonnait, en s'en allant vers la cuisine. Mais maintenant c'est autre chose. (Il se demanda s'il n'en disait pas trop.) Il devait prendre les chocolats il y a deux jours. La tâche était terminée. Mais il a encore refusé de les prendre.

Kevin entendit Danny mâchonner comme un forcené.

— Qu'est-ce que tu manges donc ? Ça m'a l'air délicieux.

Danny éclata de rire une nouvelle fois.

— Des chocolats. Je me suis acheté une boîte. C'est le moins que je puisse faire pour notre bonne vieille école.

Un silence étrange tomba entre eux. Kevin était en passe de devenir membre des Vigiles l'année suivante, quand il serait en troisième année. Personne n'en était sûr évidemment, mais il y avait eu des allusions de la part des gars. Son meilleur ami, Danny, connaissait cette éventualité — et il savait aussi qu'il fallait garder une certaine discrétion à propos des Vigiles. Ils évitaient généralement d'en parler, pourtant Kevin, qui avait des renseignements précis sur les tâches et le reste, en lâchait souvent quelques bribes à Danny, car il trouvait difficile de ne pas briller un peu. Cependant, il avait toujours peur que Danny en parle à d'autres, sans le faire exprès, et que tout soit fichu. Ils en étaient alors à ce point dans leur conversation.

— Qu'est-ce qui se passe maintenant ? demanda Danny, pas trop sûr de pouvoir y mettre son nez, mais brûlant de curiosité.

— Je ne sais pas, dit Kevin sincèrement. Peut-être que les Vigiles vont faire quelque chose. Peut-être qu'ils ne vont pas broncher. Mais je vais te dire une chose.

— Quoi ?

— Je commence à en avoir assez de vendre des trucs. Tu te rends compte, mon père se met à m'appeler *Mon fils le vendeur*.

Danny s'esclaffa encore. Kevin était un imitateur-né.

— Ouais, je sais ce que tu veux dire. Je suis fatigué aussi de vendre cette foutaise. Le gars a sans doute trouvé la bonne solution.

Kevin acquiesça.

— Pour deux cents, j'arrêterais, dit Danny.

— T'as la monnaie sur cinq ? dit Kevin pour rire, bien sûr, mais en pensant que ce serait merveilleux — mer-veille-yeux — de ne plus rien avoir à vendre. Il leva les yeux juste comme sa mère revenait, en faisant du bruit, et il soupira en la déconnectant, comme on coupe le son de la télévision.

— Tu sais ? demanda Howie Anderson.

— Quoi ? répondit Richy Rondell paresseusement, d'un air rêveur.

Il regardait une fille. Fantastique. Pull collant, jean serré. Jésus !

— Je crois que le gars Renault a raison pour les chocolats, dit Howie.

Lui aussi avait vu la fille qui avançait sur le trottoir, devant le magasin Crane. Mais ça n'interrompait pas ses réflexions. Observer les filles en les dévorant des yeux — le viol visuel — était une chose automatique.

— Je ne vais plus en vendre non plus.

La fille s'arrêta pour regarder les journaux du présentoir à l'extérieur du magasin. Richy la détaillait avec convoitise. Il comprit soudain ce que Howie avait dit.

— Tu ne vas plus en vendre ? Sans quitter la fille des yeux — elle tournait le dos à présent et il se repaissait de ses formes arrondies —, il réfléchissait au sens des paroles de Howie, conscient de l'importance de l'instant. Howie Anderson n'était pas un simple élève de Trinity. C'était le président de la classe de troisième année, et un gars inhabituel. Brillant élève et *guard* dans l'équipe senior de football. Il pouvait aussi tenir sa place sur le ring et avait presque mis K.-O. ce monstre de Carter, lors des matches intra muros, l'année précédente. Sa main pouvait se lever en classe pour montrer qu'il avait la réponse à une question difficile. Mais la même main pouvait aussi vous balancer par terre si vous lui jouiez un sale tour. Une canaille intellectuelle — c'est ainsi qu'un professeur l'avait appelé quelque temps plus tôt. Un première année inconnu comme Renault, qui ne vend pas de chocolats, ce n'était rien. Mais Howie Anderson, c'était quelque chose.

— C'est le principe, continuait Howie.

Richy plongea vivement sa main dans sa poche, dans un geste sans retenue qu'il ne pouvait s'empêcher de faire chaque fois qu'une fille ou autre chose l'excitait.

— Quel principe, Howie ?

— Ce que je veux dire, dit Howie, c'est que nous payons pour notre enseignement, à Trinity, n'est-ce pas ? Bon. Diable, je ne suis même pas catholique, et beaucoup ne le sont pas ici, mais on nous a bien convaincus que Trinity était la meilleure école qui prépare à l'Université, dans le coin. Il y a une armoire pleine de trophées, dans la salle de conférences – débats, football, boxe. Et que se passe-t-il ? On nous transforme en vendeurs. Il faut que j'écoute toutes ces bondieuseries et même que j'aille à la chapelle. Et que je vende des chocolats par-dessus le marché ! (Il cracha et un beau jet de salive atterrit sur une boîte aux lettres et dégoulina comme une larme.) Et voilà qu'arrive un bizut. *Un gosse.* Il dit non. Il dit : *Je ne vendrai pas de chocolats.* Simple. Magnifique. Une chose à laquelle je n'avais jamais pensé avant – juste arrêter d'en vendre.

Richy regarda la fille s'en aller.

— Je suis avec toi, Howie. À partir de maintenant, plus de vente de chocolats. (La fille était alors presque hors de vue, cachée par d'autres passants.) Tu veux rendre ça officiel ? Je veux dire, en réunion de classe ?

Howie réfléchit à la question.

— Non, Richy. On a l'âge de faire à sa guise. Chacun fait ce qu'il veut. Si un gars veut vendre, qu'il vende. S'il ne veut pas, c'est son affaire.

La voix de Howie était autoritaire, comme s'il s'adressait au monde entier. Richy l'écoutait avec une sorte de respect craintif. Il était content que Howie accepte sa fréquentation – peut-être que certaines de ses qualités oratoires déteindraient sur lui. Ses yeux se tournèrent à nouveau vers la rue, en quête d'une autre fille à regarder.

L'odeur de la transpiration remplissait l'air – le parfum âcre du gymnase. Même si l'endroit était désert, les effets de cette dernière heure d'éducation physique se prolongeaient ; la puanteur de la sueur des garçons, des aisselles et des pieds. Et l'odeur écœurante des vieilles chaussures de sport. C'était une des raisons pour lesquelles Archie n'avait jamais été attiré par le sport – il détestait les sécrétions du corps humain, urine ou sueur. Il détestait l'athlétisme parce que ça accélérait le processus de transpiration. Il ne supportait pas la vue des athlètes graisseux et dégoulinants, noyés dans leurs propres écoulements corporels. Au moins, les joueurs de foot portaient une tenue spéciale, mais les boxeurs ne portaient qu'un short. Prenez un gars comme Carter, débordant de muscles, suant par tous les pores. Mettez-le en short et le spectacle est presque obscène. C'est pourquoi Archie évitait la gymnastique. Il était légendaire à l'école pour ses inventions qui le soustrayaient à l'éducation physique. Mais là il attendait Obie. Obie avait laissé un mot dans le casier d'Archie. *Retrouve-moi au gymnase après le dernier cours.* Obie adorait dramatiser. Il savait aussi qu'Archie détestait le gymnase et pourtant il lui demandait de l'y attendre. Oh, Obie, comme tu dois me haïr, pensait Archie, peu troublé par la révélation. C'était bien d'être détesté – ça vous maintenait en forme. Et puis quand on enfonçait l'aiguille, comme il le faisait constamment avec Obie, on se sentait en droit de le faire, on n'avait pas besoin de s'inquiéter pour sa conscience.

Mais à cet instant précis, Obie commençait à l'agacer. Où diable était-il ? Assis sur l'un des bancs,

Archie trouva une paix soudaine et inattendue dans ce gymnase désert. Ses moments de paix devenaient de moins en moins fréquents. Les Vigiles – les tâches, la tension constante. D'autres tâches à trouver et tous les autres qui attendaient ce qu'Archie allait inventer. Et lui, vide et creux quelquefois, sans la moindre idée. Et ses sales notes. Il était sûr de flancher en anglais ce trimestre, simplement parce que l'anglais était surtout de la lecture et qu'il n'avait plus le temps de passer quatre ou cinq heures chaque soir à lire un pauvre bouquin. De toute façon, entre les Vigiles et son tracas pour ses notes, il n'avait apparemment plus de temps pour lui, même pas pour les filles ; plus le temps de traîner du côté de l'école Miss Jérôme à l'autre bout de la ville, où on pouvait, quand on était libre, dévorer des yeux quelques nanas appétissantes et généralement en entraîner une dans la voiture pour la raccompagner. Avec des détours. À la place, il était ici tous les jours, pris par les tâches et son travail scolaire, qui escamotaient tout le reste. Et maintenant il recevait des mots stupides de la part d'Obie. Retrouve-moi au gymnase.

Obie fit enfin son apparition. Il n'entra pas normalement. Il devait y mettre le paquet. Il fallait qu'il regarde de tous les côtés et qu'il respire l'air en agissant comme s'il était l'espion qui venait du froid, pour l'amour de Dieu.

— Hé ! Obie, je suis là, appela Archie d'un ton sec.

— Salut, Archie, dit Obie en faisant claquer ses talons sur le sol du gymnase. Il y avait un règlement dans l'école — uniquement des chaussures de sport au gymnase —, mais tout le monde l'ignorait, sauf quand un frère était dans les parages

— Qu'est-ce que tu veux, Obie ? demanda Archie sans préliminaires, en gardant une voix neutre et sèche comme le Sahara.

Le fait qu'il soit venu au rendez-vous était déjà l'aveu de sa curiosité. Archie ne voulait pas l'accentuer en ayant l'air trop impatient à l'égard d'Obie et de ce qu'il avait à dire.

— Je n'ai pas beaucoup de temps. Des choses importantes à régler.

— C'est important aussi, dit Obie.

Obie avait un visage mince au profil anguleux, et l'air inquiet en permanence. C'est pourquoi il était de toute évidence un comparse, un larbin. Le genre de gars auquel on ne pouvait s'empêcher de donner un coup de pied quand il était par terre. On savait aussi ceci : qu'il se relèverait et jurerait de se venger mais n'aurait jamais le courage ni les moyens de le faire.

— Tu te rappelles ce gars Renault ? La tâche des chocolats ?

— Eh bien ?

— Il ne vend toujours pas de chocolats.

— Et alors ?

— Alors, rappelle-toi ! Il avait pour ordre de ne pas les vendre pendant dix jours de classe. D'accord. Mais les dix jours se sont écoulés et il dit toujours non.

— Et alors ?

Voilà ce qui mettait Obie hors de lui — la façon dont Archie s'efforçait de ne pas être impressionné, de toujours jouer les décontractés.

On aurait pu lui annoncer que La Bombe allait être lâchée et il aurait sans doute dit : « Et alors ? » Ça énervait Obie, surtout parce qu'il le soupçonnait de jouer la comédie, de n'être pas aussi décontracté qu'il le laissait paraître. Et Obie attendait l'occasion d'en être sûr.

— Bon, il y a toutes sortes de rumeurs dans l'école. D'abord, beaucoup de gens croient que les Vigiles sont dans le coup, que Renault ne vend toujours pas les chocolats parce qu'il est encore en train d'accomplir la tâche assignée. Ensuite, il y en a qui savent que c'est terminé et croient que Renault mène une sorte de révolte contre la vente. Ils disent que Frère Léon devient fou...

— Magnifique, dit Archie, montrant enfin une réaction aux nouvelles d'Obie.

— Tous les matins Léon fait l'appel, et tous les matins, ce gars, un bizut, sans broncher, refuse de vendre les damnés chocolats.

— Magnifique.

— Tu l'as déjà dit.

— Continue, dit Archie, ignorant le sarcasme d'Obie.

— Eh bien, je vois que la vente tourne mal. En premier lieu, personne ne veut vendre des chocolats et ça devient une sorte de farce dans certaines classes.

Obie s'assit sur le banc près d'Archie et s'arrêta de parler pour que ça fasse son effet.

Archie renifla et dit :

— Ce gymnase pue. Feignant l'indifférence mais réfléchissant très vite en soupesant les possibilités.

Obie continua.

— Les petits zélés, les pigeons, sont actifs et vendent les chocolats comme des forcenés. Les protégés de Léon aussi, ses élèves à lui. Et aussi les gars qui croient encore à l'esprit de l'école. (Il soupira.) Enfin, il y en a beaucoup qui continuent.

Archie était très occupé à contempler le fond du gymnase comme s'il se déroulait quelque chose d'important là-bas. Obie suivit son regard – rien.

– Bon, qu'est-ce que tu en penses, Archie ? demanda-t-il.

– Qu'est-ce que tu veux dire par qu'est-ce que j'en pense ?

– La situation. Renault. Frère Léon. Les chocolats. Les gars qui prennent parti...

– Nous verrons, nous verrons, dit Archie. Je ne sais pas si les Vigiles doivent ou non s'en mêler.

Il bâilla.

Ce bâillement bruyant irrita Obie.

– Eh, écoute, Archie. Les Vigiles sont concernés, que tu le saches ou non.

– De quoi parles-tu ?

– Écoute, tu as dit au gars de refuser les chocolats pour commencer. C'est ce qui a déclenché toute cette histoire. Mais le gars ne s'est pas arrêté là. Il était censé se mettre à les vendre, une fois la tâche accomplie. Donc maintenant il défie les Vigiles. Et beaucoup de gars le savent. Nous sommes concernés, Archie, que nous le voulions ou non.

Obie s'aperçut qu'il avait touché juste. Il vit quelque chose briller dans les yeux d'Archie, comme si en regardant une fenêtre fermée il y avait vu apparaître un fantôme.

— Personne ne défie les Vigiles, Obie…

— C'est ce que fait Renault.

— … et laisse tomber ça.

Archie reprit ce regard rêveur et sa lèvre inférieure s'affaissa.

— Voici ce qu'il y a à faire. Arrange-toi pour faire venir Renault devant les Vigiles. Vérifie la vente — procure-toi les totaux, les faits et les nombres.

— Bien, dit Obie en écrivant sur son cahier.

Autant il détestait Archie, autant il adorait le voir quand il se lançait dans l'action. Obie décida d'ajouter de l'huile sur le feu.

— Autre chose, Archie. Les Vigiles n'ont-ils pas promis à Léon de le seconder dans la vente des chocolats ?

Obie avait encore visé juste. Archie se tourna vers lui, la surprise écrite sur son visage. Mais il se reprit aussitôt.

— Laisse-moi m'occuper de Léon. Contente-toi de ton boulot, Obie.

Dieu, comme Obie détestait ce sale con. Il referma brutalement son cahier et laissa Archie tout seul dans l'atmosphère polluée du gymnase.

22

Brian Cochran n'en croyait pas ses yeux. Il refaisait encore les totaux pour la deuxième fois, afin d'être sûr de ne pas s'être trompé. Il vérifiait ses calculs en fronçant les sourcils et en mordant son crayon – les ventes fléchissaient dangereusement. Depuis maintenant une semaine, elles baissaient régulièrement. Mais hier, la chute était vertigineuse.

Que dirait Frère Léon ? C'était ce qui inquiétait le plus Brian. Il détestait le boulot de trésorier parce que c'était vraiment la barbe, mais surtout parce que ça le mettait en contact personnel avec Frère Léon. Léon lui donnait la chair de poule. Ce professeur était imprévisible, changeant. Il n'était jamais content. Des plaintes, toujours – tes sept ressemblent à des neuf, Cochran. Ou bien, tu as mal écrit le nom Sulkey – c'est Sulkey avec un « e », Cochran.

Dernièrement, Brian avait eu de la chance. Frère Léon avait cessé de vérifier les totaux quotidiennement, presque comme s'il prévoyait les mauvaises nouvelles que les chiffres annonçaient et qu'il voulait éviter de les découvrir complètement. Aujourd'hui, pourtant, c'était l'heure H. Il avait dit à Brian de préparer les totaux. Brian attendait donc que le professeur se manifeste. Il deviendrait fou quand il verrait les chiffres. Brian tremblait, il tremblait pour de bon ! Il avait lu qu'on tuait le porteur de mauvaises nouvelles dans l'ancien temps. Il avait l'impression que Léon était de ce genre-là, qu'il aurait besoin d'un bouc émissaire et que Brian serait à portée de sa main. Brian soupira, fatigué de tout cela, souhaitant être dehors, par cette belle journée d'octobre, en train de se promener dans la vieille Chevy que son père lui avait achetée à la rentrée.

Il adorait cette voiture.

– Moi et ma Chevy, fredonna Brian, sur l'air d'une chanson entendue à la radio.

– Eh bien, Brian.

Frère Léon avait une façon de vous arriver dessus sans crier gare ! Brian sursauta et se mit presque au garde-à-vous. C'était le genre de sale effet que lui faisait le professeur.

— Oui, Frère Léon.

— Assieds-toi, assieds-toi, dit Léon en prenant sa place derrière le bureau. Léon transpirait, comme d'habitude. Il avait enlevé sa veste noire, et sa chemise était tachée de sueur sous les bras. Une faible odeur de transpiration atteignait Brian.

— Les totaux sont mauvais, dit Brian en se jetant à l'eau, pour en finir, pour sortir de l'école, de ce bureau, de la présence suffocante de Léon. Et en ressentant simultanément l'envie de triompher — Léon était un tel salopard ; qu'on lui donne donc quelques mauvaises nouvelles pour changer !

— Mauvais ?

— Les ventes sont faibles. Plus faibles que celles de l'an dernier. Et l'an dernier, le quota était la moitié de ce qui doit être vendu cette année.

— Je sais, je sais, dit Léon sèchement, en pivotant dans son fauteuil comme si Brian n'était pas assez important pour qu'on lui parle en face. Es-tu sûr de tes chiffres ? Tu n'es pas vraiment un as pour additionner et soustraire, Cochran.

Brian rougit de colère. Il eut envie de lui jeter la feuille à la figure mais se retint. Personne ne défiait Frère Léon. Et en tout cas pas Brian Cochran, qui ne voulait que sortir de là.

— J'ai tout contrôlé deux fois, dit Brian, en gardant une voix calme.

Silence.

Le plancher vibra sous les pieds de Brian. Le club de boxe qui s'entraînait dans le gymnase, peut-être, qui faisait des exercices ou autres, comme font les boxeurs.

— Cochran. Lis-moi les noms des garçons qui ont atteint ou dépassé leur quota.

Brian prit les listes. Chose aisée parce que Frère Léon tenait à garder toutes les listes cochées de différentes façons, pour qu'on puisse voir d'un seul coup d'œil où en étaient les élèves.

— Sulkey, soixante-deux. Maronia, cinquante-huit. Le Blanc, cinquante-deux...

— Plus lentement, plus lentement, dit Frère Léon, toujours tourné de côté. Recommence et plus lentement.

C'était énervant mais Brian recommença, en prononçant mieux, en s'arrêtant entre les noms et les nombres.

— Sulkey... soixante-deux... Maronia... cinquante-huit... Le Blanc... cinquante-deux... Caroni... cinquante...

Frère Léon hochait la tête, comme s'il écoutait une belle symphonie, comme si de jolis sons remplissaient les airs.

— Fontaine... cinquante... (Brian s'arrêta.) Ce sont les seuls qui ont fait le quota ou plus, Frère Léon.

— Lis les autres. Il y a beaucoup d'élèves qui en ont vendu plus de quarante. Lis ces noms-là..., dit-il, le visage toujours tourné, le corps affalé dans le fauteuil.

Brian haussa les épaules et continua à dire les noms comme une mélopée, avec des arrêts calculés, en laissant sa voix s'étirer sur les noms et les nombres, étrange litanie dans le bureau silencieux. Quand il eut fini les ventes de quarante et plus, il continua avec celles de trente et Frère Léon ne l'arrêta pas.

— ... Sullivan... trente-trois... Charlton... trente-deux... Kelly... trente-deux... Ambrose... trente et une...

De temps à autre, Brian levait les yeux pour voir Frère Léon hocher la tête, comme s'il communiquait avec un être invisible ou avec lui-même. Cependant la récitation continuait — passant de trente à vingt.

En lisant à l'avance, Brian vit les choses se gâter. Après les vingt et les dix, il y avait un grand saut. Il se demanda comment Frère Léon allait réagir aux petits nombres. Brian commença à avoir chaud et sa voix s'enroua. Il avait besoin de boire de l'eau, pas seulement pour soulager la sécheresse de sa gorge, mais pour relâcher la tension des muscles du cou.

– ... Antonelli... quinze... Lombard... treize...

Il s'éclaircit la voix, cassant ainsi le rythme, interrompant le débit de l'énumération. Une profonde inspiration et puis :

– Cartier... six. (Il jeta un coup d'œil à Frère Léon, mais le professeur n'avait pas bougé. Il avait les mains jointes sur les genoux.) Cartier... il n'en a vendu que six parce qu'il a été absent. L'appendicite. Il était à l'hôpital...

Frère Léon agita la main, geste signifiant : « Je comprends, ça ne fait rien. » Du moins, c'est ce que Brian pensa. Et le geste semblait aussi vouloir dire : « Continue. » Il regarda le dernier nom de la liste.

– Renault... zéro.

Arrêt. Il ne restait plus de noms.

– Renault... zéro, répéta Frère Léon, d'une voix basse et sifflante. Peux-tu croire ça, Cochran ? Un garçon de Trinity qui refuse de vendre des chocolats ? Sais-tu ce qui s'est passé, Cochran ? Sais-tu pourquoi les ventes ont diminué ?

— Je ne sais pas, Frère Léon, dit Brian faiblement.

— Les élèves sont contaminés, Cochran. Contaminés par une maladie que nous pourrions appeler l'apathie. Une maladie terrible. Difficile à soigner.

De quoi parlait-il ?

— Avant de trouver un remède, il faut découvrir la cause. Mais en ce cas, Cochran, la cause est connue. Le porteur de la maladie est connu.

Brian comprit alors ce qu'il voulait dire. Léon croyait que Renault était la cause, le porteur de la maladie. Comme s'il lisait dans les pensées de Brian, Léon murmura :

— Renault... Renault...

Tout à fait comme un savant fou complotant une vengeance, dans un laboratoire secret.

23

— Je vais quitter l'équipe, Jerry.

— Pourquoi, Cacahuète ? Je croyais que tu aimais le football. On commence justement à gagner. Tu as joué superbement hier.

Ils se dirigeaient vers l'arrêt de bus. C'était mercredi — pas d'entraînement le mercredi. Jerry avait hâte d'arriver à l'arrêt de bus. Il y avait une fille, belle, aux cheveux couleur de sirop d'érable. Il l'avait vue plusieurs fois et elle lui avait souri. Une fois, il s'était trouvé suffisamment près d'elle pour lire son nom sur l'un des livres qu'elle portait. Ellen Barrett. Un jour, il aurait le courage de lui parler. *Salut, Ellen.* Ou de l'appeler au téléphone. Peut-être aujourd'hui.

— Courons, dit Cacahuète.

Les voilà partis pour un sprint fou et malaisé. Leurs livres les empêchaient de courir avec souplesse et abandon. Mais le simple fait de courir réconforta Cacahuète.

— Es-tu sérieux quand tu parles de quitter l'équipe ? demanda Jerry, d'une voix plus aiguë que d'ordinaire à cause de l'effort.

— Il le faut, Jerry.

Il était content que sa propre voix soit normale, non affectée par la course.

Ils prirent Gate Street.

— Pourquoi ? demanda Jerry, en se lançant dans la rue à toute vitesse.

Leurs pieds martelaient le trottoir.

Comment lui dire, se demandait Cacahuète.

Jerry était passé devant. Il jeta un coup d'œil par-dessus son épaule, le visage écarlate.

— Pourquoi, bon sang ?

Cacahuète le rattrapa en accélérant légèrement. Il aurait pu le dépasser aisément.

— Tu as appris ce qui est arrivé à Frère Eugène ? demanda Cacahuète.

— On l'a muté, répondit Jerry, les mots sortant difficilement, comme la pâte dentifrice d'un tube qu'on presse. Il était en forme à cause du football, mais ce n'était pas un coureur et il ne connaissait pas les trucs.

– On m'a dit qu'il était en arrêt de maladie, dit Cacahuète.

– Quelle est la différence ? répondit Jerry. (Il respira un grand coup.) Eh, pour les jambes, ça va, mais pour les bras, c'est mortel.

Il avait deux livres dans chaque main.

– Continue à courir.

– Tu es un peu dingue, dit Jerry en lui obéissant.

Ils approchaient du croisement suivant. En voyant le malaise de Jerry, Cacahuète ralentit.

– On dit que Frère Eugène n'est plus du tout le même depuis la salle dix-neuf. On dit que ça l'a complètement démoli. Qu'il ne peut plus ni manger ni dormir. Le choc.

– Des bruits, lâcha Jerry. Eh, Cacahuète, mes poumons me brûlent. Je vais m'effondrer.

– Je sais ce qu'il ressent, Jerry. Je sais à quel point une chose comme ça peut rendre dingue.

Les mots criés dans le vent. Ils n'avaient jamais parlé de la destruction de la salle dix-neuf, bien que Jerry fût au courant du rôle de Cacahuète.

— Certaines personnes ne supportent pas la cruauté, Jerry. Et ça, c'était cruel pour un gars comme Eugène...

— Qu'est-ce que Frère Eugène a à voir avec le fait de ne plus jouer au football ? demanda Jerry, complètement essoufflé, en sueur, les poumons menaçant d'éclater et les bras coupés par le poids des livres.

Cacahuète freina l'allure, ralentit puis s'arrêta. Jerry souffla en s'effondrant sur le bord d'une pelouse. Sa poitrine haletante se gonflait comme un soufflet.

Cacahuète s'assit sur le bord du trottoir, les jambes pliées, les pieds dans le caniveau. Il examinait les feuilles tassées sous ses chaussures. Il essayait de trouver une façon d'expliquer à Jerry le lien entre Frère Eugène, la salle dix-neuf et le fait de ne plus jouer au football. Il savait qu'il y avait un lien, mais c'était difficile à exprimer.

— Écoute, Jerry. Il y a quelque chose de pourri dans cette école. Plus que pourri.

Il chercha le mot et le trouva, mais ne voulut pas l'utiliser. Ça n'allait pas avec le paysage, le soleil et le bel après-midi d'octobre. C'était un mot de l'ombre, qui allait avec le vent d'hiver.

— Les Vigiles ? demanda Jerry.

Il s'était allongé sur la pelouse et regardait la course des nuages dans le ciel bleu d'automne.

– Ça en fait partie, dit Cacahuète. (Il aurait voulu courir encore.) Le mal, dit-il.

– Qu'est-ce que tu as dit ?

Dingue. Jerry allait croire qu'il avait perdu le nord.

– Rien, dit Cacahuète. De toute façon, je ne vais plus jouer au football. C'est personnel, Jerry. (Il prit une profonde inspiration.) Et je ne vais pas non plus courir le printemps prochain.

Ils se turent.

– Qu'y a-t-il, Cacahuète ? finit par demander Jerry, d'un ton ému rempli d'inquiétude.

– C'est ce qu'ils nous font, Jerry. (C'était plus facile à dire parce qu'ils ne se regardaient pas, chacun assis à sa place.) Ce qu'ils m'ont fait cette nuit-là dans la classe... je pleurais comme un bébé, ce que je ne me serais jamais cru capable de faire. Et ce qu'ils ont fait à Frère Eugène en détruisant sa salle, en le détruisant lui...

– Allons, t'inquiète pas, Cacahuète.

– Et ce qu'ils te font à toi... les chocolats.

– Ce n'est qu'un jeu, Cacahuète. Prends ça comme une blague. Laisse-les s'amuser. Frère Eugène devait sans doute être au bord de...

— C'est plus qu'une blague, Jerry. Quelque chose qui peut te faire pleurer et faire partir un professeur... le faire basculer... c'est plus qu'une simple blague.

Ils sont restés assis là longtemps, Jerry sur la pelouse et Cacahuète sur le trottoir. Jerry savait qu'il arriverait trop tard pour voir la fille — Ellen Barrett — mais il sentait que Cacahuète avait besoin de sa présence. Des gars de l'école sont passés devant eux et les ont interpellés. Un bus est arrivé et s'est arrêté. Le chauffeur a été écœuré quand Cacahuète a secoué la tête pour dire qu'ils ne voulaient pas le prendre.

Au bout d'un moment, Cacahuète a dit :

— Vends les chocolats, Jerry, tu veux ?

Jerry a dit :

— Joue au football.

Cacahuète a secoué la tête.

— Je ne veux plus rien donner à Trinity. Plus de football, plus de course, plus rien.

Ils sont restés assis tristement, puis finalement ils ont pris leurs livres, se sont levés et sont allés en silence jusqu'à l'arrêt de bus.

La fille n'y était pas.

24

— Tu es en mauvaise posture, dit Frère Léon.

Vous, pas moi, eut envie de répondre Archie. Mais il n'en fit rien. Il n'avait jamais parlé à Léon au téléphone et la voix désincarnée, à l'autre bout du fil, l'avait pris au dépourvu.

— Qu'y a-t-il ? demanda Archie prudemment, bien qu'au courant.

— Les chocolats, dit Léon. Ça ne se vend pas. Toute la vente est compromise.

Léon soufflait entre les mots comme s'il avait couru sur une longue distance. Était-il pris de panique ?

— Comment cela ? demanda Archie, détendu à présent, et donnant le change. Il savait bien où ça en était.

— Cela pourrait difficilement être pire. La période de vente est plus qu'à moitié écoulée. L'effort initial est passé. Il n'y a pas d'élan. La moitié des chocolats n'a pas encore été vendue. Et les ventes sont pratiquement au point mort. (Léon arrêta là son énumération.) Tu n'es pas très efficace, Archie.

Archie hocha la tête d'admiration, malgré lui. Léon était au pied du mur et restait cependant agressif. *Tu n'es pas très efficace, Archie.*

— Vous voulez dire que les finances sont mauvaises ? observa Archie sarcastiquement, lançant sa propre offensive. Pour Léon, cela pouvait paraître un coup au hasard, mais il n'en était rien. La question était fondée sur les renseignements qu'Archie avait reçus cet après-midi-là de Brian Cochran.

Cochran l'avait arrêté dans le couloir et l'avait emmené dans une salle vide. Archie l'avait suivi à contrecœur. Le gars était le trésorier de Léon et sans doute son larbin. Mais les renseignements prouvèrent que ce n'était pas du tout le cas.

— Écoute, je crois que Léon a de gros ennuis. Il y a autre chose que les chocolats dans cette histoire, Archie.

Archie n'aimait pas la familiarité de Cochran qui l'appelait par son prénom. Mais il ne dit rien, curieux de savoir ce qu'il avait à lui dire.

— J'ai entendu Léon parler avec Frère Jacques. Jacques essayait de le pousser dans ses retranchements. Il parlait sans arrêt de quelque chose comme un abus de pouvoir. Léon aurait outrepassé ses droits quant aux finances de l'école. C'était son terme exact, *outrepassé*. Les chocolats sont venus sur le tapis. Quelque chose à propos des vingt mille boîtes que Léon avait payées d'avance. Je n'ai pas tout entendu... Je suis sorti avant qu'ils ne découvrent ma présence...

— Alors, qu'est-ce que tu en penses, Cochran ? demanda Archie, bien qu'au courant. Léon avait besoin d'au moins vingt mille dollars pour être quitte avec l'école.

— Je crois que Léon a acheté les chocolats avec l'argent qu'il n'avait pas le droit d'utiliser. Maintenant la vente ne marche pas et il est coincé. Et Frère Jacques se doute de quelque chose...

— Jacques est malin, dit Archie, qui se rappelait comment Jacques avait réagi à son tuyau anonyme sur le mot « environnement » — tournant la classe en ridicule, y compris Obie. C'est du bon travail, Cochran.

Cochran s'épanouit devant le compliment. Encouragé, il sortit quelques feuilles d'un livre qu'il portait.

— Jette un coup d'œil là-dessus, Archie. Ce sont les faits et les chiffres sur la vente de cette année et sur celle de l'an dernier. Et c'est très mauvais. Je crois que Léon est en position critique...

Mais Cochran ne connaissait pas bien Léon, se dit Archie en entendant la voix du professeur vibrer dans ses oreilles. Léon avait ignoré le sarcasme d'Archie à propos des finances et avait repris l'offensive.

— Je croyais que tu avais de l'influence, Archie. Toi et... tes amis.

— Ce n'est pas ma vente, Frère Léon.

— C'est ta vente plus que tu ne crois, Archie, dit Léon en soupirant. (C'était un soupir forcé, son style habituel.) Tu t'es amusé au début, Archie, avec ce Renault de première année, et tu y es donc mêlé. Maintenant il y a des retombées.

Renault. Archie pensa au refus du gars, à son défi ridicule. Il se rappela le triomphe dans la voix d'Obie lui annonçant l'action de Renault — c'est à toi de jouer, mon petit Archie. Mais c'était toujours à lui de jouer, de toute manière.

Et là encore, Archie agit.

— Attendez un peu, dit-il à Frère Léon.

Il posa le combiné et alla dans le salon pour prendre les renseignements de Cochran qu'il avait glissés dans son livre d'histoire. Revenu au téléphone, il dit :

— J'ai ici quelques chiffres sur la vente de l'an dernier. Savez-vous qu'ils ont à peine vendu tous les chocolats, l'an passé ? Les gars sont fatigués de vendre des trucs. L'an dernier, il a fallu beaucoup de prix et de récompenses pour qu'ils en vendent seulement vingt-cinq boîtes à un dollar. Et cette année ils se retrouvent avec cinquante boîtes à deux dollars pièce. C'est pourquoi la vente se casse la figure... pas parce qu'on s'est amusés.

Archie n'entendit plus que la respiration de Frère Léon, comme s'il s'était agi de quelque appel obscène.

— Archie, dit-il d'un air menaçant et tout bas, comme si l'information qu'il devait fournir était trop terrible pour être dite à voix haute. Je me moque des amusements. Je me moque de savoir si c'est Renault ou ta précieuse organisation, ou la situation économique. Tout ce que je sais, c'est que les chocolats ne se vendent pas. Et je veux qu'ils soient vendus !

— Aucune idée sur la façon d'y arriver ? dit Archie, cherchant encore à gagner du temps. Bizarre, il savait que Léon était en fâcheuse posture et pourtant il y avait toujours du danger à le sous-estimer. Il avait toujours l'autorité de l'école derrière lui. Archie n'avait que son intelligence et une poignée de gars qui n'étaient que des zéros sans lui.

— Peut-être devrais-tu commencer par Renault, dit Léon. Je pense qu'on devrait pouvoir lui faire dire *oui* au lieu de *non*. Je suis convaincu, Archie, qu'il est devenu un symbole pour ceux qui aimeraient voir la vente échouer. Ceux qui tirent au flanc, les mécontents — ils se rallient toujours à un rebelle. Renault doit vendre les chocolats. Et vous, les Vigiles — oui, je dis le nom tout haut —, les Vigiles, vous devez peser de tout votre poids sur la vente...

— C'est presque un ordre, Frère.

— Tu as utilisé le mot exact, Archie. *Ordre*. C'est un ordre.

— Je ne sais pas ce que vous voulez dire, Frère.

— Je vais te l'expliquer, Archie. Si la vente va à vau-l'eau, toi et les Vigiles irez aussi à vau-l'eau. Crois-moi...

Archie s'apprêta à répondre, tenté de laisser voir à Léon qu'il avait eu vent des problèmes financiers, mais il n'en eut pas l'occasion. Ce salaud de Léon avait déjà raccroché et la tonalité du téléphone lui résonna dans l'oreille.

25

La convocation ressemblait à une demande de rançon – les lettres découpées dans un journal ou une revue : *RéUnioN dEs vIgiLEs À dEUx hEuReS tRenTE*, la loufoquerie du billet, avec ces lettres bizarres, produisait une impression de ridicule et de puérilité. Mais cet aspect puéril lui donnait justement aussi un air pas trop rationnel, légèrement menaçant et moqueur. C'était la qualité particulière des Vigiles bien sûr, et d'Archie Costello.

Trente minutes plus tard, Jerry se tenait debout devant les Vigiles, dans l'entrepôt. Le gymnase voisin était occupé par des gars qui s'entraînaient au basket ou à la boxe, et les murs résonnaient de coups sourds et de sifflets, ce qui évoquait une bande-son grotesque. Neuf ou dix membres des Vigiles étaient présents, y compris Carter qui en avait assez de cette foutaise, surtout quand ça signifiait qu'il devait manquer la boxe, et Obie qui se réjouissait à l'avance, en se demandant comment Archie allait s'y prendre. Archie était assis derrière la table, qui était recouverte d'une écharpe de pourpre et d'or – les couleurs de l'école. Au beau milieu de la table : une boîte de chocolats.

– Renault, dit doucement Archie.

Instinctivement Jerry se mit au garde-à-vous en redressant les épaules et en rentrant le ventre, ce qui l'écœura aussitôt.

– Prends un chocolat, Renault !

Jerry secoua la tête en soupirant. Il pensa avec envie et regret aux gars dehors, au grand air sur le terrain de football, qui devaient se lancer le ballon en attendant l'heure de l'entraînement.

– Ils sont bons, dit Archie en ouvrant la boîte et en prenant un chocolat. Il en respira le parfum et le jeta dans sa bouche. Il le mâcha lentement, exprès, en faisant claquer ses lèvres exagérément. Un deuxième suivit le premier. Et un troisième suivit le deuxième. Il avait la bouche pleine de chocolat et sa gorge se gonflait quand il avalait.

— Délicieux, dit-il. Et seulement deux dollars la boîte — une affaire !

Quelqu'un rit. Un bref glapissement qui fut aussitôt interrompu comme si on avait soulevé le bras de l'électrophone.

— Mais tu ne connaissais pas le prix, n'est-ce pas, Renault ?

Jerry haussa les épaules. Mais son cœur se mit à battre fort. Il savait qu'il devait y avoir une confrontation. Et c'était arrivé.

Archie prit un autre chocolat. Le mit dans sa bouche.

— Combien de boîtes as-tu vendues, Renault ?

— Aucune.

— Aucune ?

La voix douce d'Archie se chargea de surprise et d'étonnement. Il déglutit en hochant la tête et en feignant la stupéfaction. Sans quitter Jerry des yeux, il dit :

— Eh, Porter, combien de boîtes as-tu vendues ?

— Vingt et une.

— Vingt et une ? (La voix d'Archie était alors remplie d'admiration et de respect.) Eh, Porter, tu dois être un de ces « première année » zélés qui font de l'esbroufe, hein ? »

— Je suis en quatrième année.

— Quatrième année ? (Davantage d'admiration.) Tu veux dire que tu es un grand de quatrième année et que tu as encore assez de courage pour aller vendre tous ces chocolats ? Magnifique, Porter. (La voix pleine de moquerie – ou pas ?) Il y en a d'autres ici qui vendent des chocolats ?

Un concert de nombres remplit les airs comme si les membres des Vigiles assistaient à une drôle de vente et criaient leurs enchères.

— Quarante-deux.
— Trente-trois.
— Vingt.
— Dix-neuf.
— Quarante-cinq.

Archie leva les mains et le silence revint. Quelqu'un dans le gymnase tomba contre le mur et cria une obscénité. Obie s'émerveillait de la façon dont Archie dirigeait les réunions et dont les Vigiles entraient vite dans son jeu. Porter n'avait pas vendu dix boîtes, si toutefois il en avait vendu. Obie lui-même n'en avait vendu que seize mais il avait dit quarante-cinq.

— Et toi, Renault, un première année, un nouveau qui devrait être rempli de l'esprit de Trinity, tu n'en as pas vendu ? Zéro ? Rien ?

Sa main s'avança pour prendre un autre chocolat. De fait, il les adorait. Pas autant qu'un Hershey aux amandes, mais c'était un substitut acceptable.

— C'est exact, dit Jerry d'une petite voix mal assurée.

— Est-ce que cela t'ennuie si je te demande pourquoi ?

Jerry réfléchit à la question. Que devait-il faire ? Jouer le jeu ? Être franc ? Mais il n'était pas sûr de se faire comprendre s'il était franc, surtout devant une salle remplie d'inconnus.

— C'est personnel, dit-il finalement, avec défaitisme, sachant qu'il ne pourrait pas gagner. Tout avait été si bien. Le football, l'école, une fille qui lui avait souri à l'arrêt du bus. Il s'était rapproché d'elle et avait vu son nom écrit sur l'un de ses livres — Ellen Barrett. Elle lui avait souri deux jours de suite et il avait été trop timide pour lui parler, mais il avait regardé tous les Barrett dans l'annuaire du téléphone. Il y en avait cinq. Il projetait de les appeler ce soir pour la trouver. Ça lui paraissait plus facile de lui parler au téléphone. Maintenant, on ne sait pourquoi, il avait l'impression qu'il ne lui parlerait jamais, qu'il ne jouerait plus jamais au football — une drôle d'impression mais tenace.

Archie se léchait les doigts, un à la fois, en laissant flotter dans l'air l'écho de la réponse de Jerry. C'était si calme qu'il entendit un estomac grogner.

— Renault, dit Archie, sur le ton amical de la conversation. Je vais te dire quelque chose. Rien n'est personnel ici chez les Vigiles. Pas de secrets, ici, tu comprends ? (Il se suça le pouce pour finir.) Hé, Johnson !

— Oui, dit une voix derrière Jerry.

— Combien de fois te branles-tu par jour ?

— Deux fois, répondit vivement Johnson.

— Tu vois ? demanda Archie. Pas de secrets ici, Renault. Rien de personnel. Pas chez les Vigiles.

Jerry avait pris une douche ce matin avant l'école, mais maintenant il sentait sa propre transpiration.

— Allez, dit Archie, en bon copain à présent, encourageant, enjôleur. Tu peux nous le dire.

Carter souffla d'exaspération. Il perdait patience avec ce foutu jeu du chat et de la souris. Ça faisait deux ans qu'il regardait Archie jouer à ses jeux stupides avec les gars, et qu'il le laissait faire son grand manitou comme si c'était lui qui dirigeait l'affaire. Carter portait la responsabilité des tâches assignées. En tant que président, il devait aussi faire en sorte que les autres gars restent d'accord, soient entretenus psychologiquement, prêts à aider au bon fonctionnement du travail d'Archie. Et Carter n'était pas dingue de cette histoire de chocolats. C'était quelque chose qui dépassait le contrôle des Vigiles. Cela regardait Frère Léon et il ne lui faisait pas confiance dans la mesure où il pouvait avoir le dessus. À présent il regardait le gars Renault, qui avait l'air prêt à s'évanouir de peur, le visage blanc et les yeux élargis de frayeur, et Archie qui s'en amusait. Jésus. Carter détestait ces conneries psychologiques. Il adorait la boxe où tout était évident — les jabs, les crochets, les swings, le gant dans l'estomac.

— Bien, Renault, fini de jouer, dit Archie. Le ton gentil avait disparu. Plus de chocolats dans sa bouche. Dis-nous pourquoi tu ne vends pas de chocolats !

— Parce que je ne veux pas, dit Jerry, donnant encore le change. En effet... que pouvait-il faire d'autre ?

— Tu ne veux pas ? demanda Archie, incrédule.

Jerry acquiesça. Il avait gagné du temps.

— Eh, Obie !

— Oui, répondit Obie, vexé.

Pourquoi diable Archie était-il toujours après lui ? Que diable voulait-il maintenant ?

— Est-ce que ça te plaît de venir à l'école tous les jours, Obie ?

— Diable non, répondit Obie, sachant ce qu'attendait Archie et obtempérant, tout en lui en voulant de se sentir son larbin, comme si Archie était le ventriloque et lui le ventre.

— Mais tu viens quand même à l'école, n'est-ce pas ?

— Diable oui.

Des rires accueillirent la réponse et Obie se permit un sourire. Mais un coup d'œil d'Archie effaça le sourire. Archie était on ne peut plus sérieux. On pouvait le voir à la façon dont il pinçait les lèvres et dont ses yeux lançaient des éclairs, comme des enseignes au néon.

— Tu vois ? dit Archie, revenant à Renault. On doit tous faire ici-bas des choses qu'on n'a pas envie de faire.

Une tristesse terrifiante envahit Jerry. Comme si quelqu'un était mort. Comme au cimetière le jour où on avait enterré sa mère. Et on n'y pouvait rien.

— Bien, Renault, dit Archie sur un ton de conclusion.

On pouvait sentir la tension dans la salle. Obie retint sa respiration. Et voilà le coup de patte d'Archie.

— Voici ta tâche. Demain, à l'appel, tu prends les chocolats. Tu dis : *Frère Léon, j'accepte les chocolats !*

Abasourdi, Jerry laissa échapper :

— Quoi ?

— Tu n'entends pas bien, Renault ? Et, tournant la tête, il cria : Hé, Mc Grath, est-ce que tu m'as entendu ?

— Diable oui.

— Qu'est-ce que j'ai dit ?

— Tu as dit que le gars devrait se mettre à vendre les chocolats.

Archie revint à Jerry.

Tu t'en tires bien, Renault. Tu as désobéi aux Vigiles. Cela demande une punition. Bien que les Vigiles ne croient pas à la violence, nous avons trouvé nécessaire d'avoir un règlement disciplinaire. La punition est généralement pire que la tâche assignée. Mais nous sommes gentils, Renault. Nous te demandons simplement de prendre les chocolats demain. Et de les vendre.

Jésus, pensa Obie, incrédule. Le Grand Archie Costello était pris de panique. Le mot *demandons* en était le signe. Un lapsus peut-être. Comme si Archie essayait de marchander avec le gars, *demandons*, nom de nom.

Je t'ai eu, Archie, espèce de salaud. Obie n'avait jamais connu une victoire aussi douce. Le sacré bizut allait enfin baiser Archie. Pas la boîte noire. Pas Frère Léon. Pas sa propre intelligence. Mais un pauvre bizut. Parce que Obie était certain d'une chose, comme si c'était une loi naturelle, comme la gravitation : Renault n'allait pas vendre les chocolats. Il pouvait le dire rien qu'à voir le gars là, debout, effrayé au point de chier dans sa culotte mais décidé à ne pas reculer. Tandis qu'Archie lui *demandait* de vendre les chocolats. Demandait.

— Rompez ! cria Archie.

Carter fut surpris par la soudaineté de l'avis et il cogna trop fort avec le marteau, cassant presque la caisse qui lui servait de bureau. Il avait l'impression d'avoir manqué une mesure quelque part, d'avoir manqué un moment crucial. Archie et toutes ses conneries de subtilités. Ce que le gars Renault méritait, c'était un bon coup dans la mâchoire et un autre dans le ventre. Ça lui ferait vendre ces putains de chocolats. Archie et son stupide *Ne soyons pas violents*. Enfin, la réunion était terminée et Carter avait envie de se dépenser, de prendre une bonne suée avec les gants et le sac de sable, par exemple.

Il donna un autre coup de marteau.

26

– Allô.

Tout à coup, sa tête fut vide.

Était-ce elle ? Ça devait : c'étaient les derniers Barrett de l'annuaire, et la voix était fraîche et séduisante, le genre de voix qui allait avec toute cette beauté qu'il avait vue à l'arrêt de bus.

– Allô, parvint-il à dire d'une voix qui lui sembla un horrible croassement.

– C'est Danny ? demanda-t-elle.

Il fut aussitôt follement jaloux de Danny, quel qu'il fût.

– Non, croassa-t-il encore, d'un air malheureux.

– Qui est-ce ? demanda-t-elle alors avec irritation.

– C'est Ellen ? Ellen Barrett ?

Le nom était bizarre dans sa bouche. Il ne l'avait jamais dit à voix haute bien qu'il l'ait murmuré tout bas un millier de fois.

Silence.

— Écoute, commença-t-il, le cœur battant éperdument. Écoute, tu ne sais pas qui je suis mais je te vois tous les jours...

— Êtes-vous une espèce de pervers ? demanda-t-elle, pas du tout horrifiée, mais d'une curiosité enjouée du genre : « Eh, 'man, j'ai un pervers au téléphone ! »

— Non, je suis le gars de l'arrêt de bus.

— Quel gars ? Quel arrêt de bus ?

Sa voix avait perdu toute réserve. Elle était devenue celle d'une je-sais-tout, d'une m'as-tu-vu.

Il voulait lui dire : tu m'as souri hier, avant-hier, la semaine dernière. Et je t'aime. Mais il ne put. Il vit tout à coup à quel point la situation était futile, ridicule. Un gars n'appelle pas une fille pour un simple sourire et ne se présente pas comme ça. Elle souriait sans doute à cent types par jour.

— Je regrette de t'avoir dérangée, dit-il.

— C'est sûr que tu n'es pas Danny ? Tu essaies de me faire marcher, Danny ? Écoute, Danny, j'en ai marre de tes conneries...

Jerry raccrocha. Il ne voulait pas en entendre davantage. Le mot « conneries », résonnant maintenant en lui, avait détruit toute illusion sur elle. Comme de rencontrer une belle fille et de voir que son sourire révèle des dents gâtées. Mais son cœur battait encore furieusement. *Êtes-vous une espèce de pervers ?* Peut-être que oui. Pas un pervers sexuel, mais d'un autre genre. Refuser de vendre les chocolats, n'était-ce pas une sorte de perversion ? N'était-ce pas dingue de continuer à refuser, surtout après ce dernier avertissement de la veille par Archie Costello et les Vigiles ? Et pourtant, ce matin, il était resté sur ses positions et avait renvoyé un *Non* net et catégorique à Frère Léon. Pour la première fois, ce mot lui avait réjoui le cœur et l'esprit, une allégresse spirituelle.

À ce dernier *Non* lui résonnant encore dans les oreilles, Jerry s'était attendu à voir l'école s'écrouler ou à quelque chose de dramatique. Rien. Il avait vu Cacahuète hocher tristement la tête. Mais Cacahuète ne connaissait pas ce sentiment nouveau ; il n'avait plus aucun recours possible et, pour la première fois de sa vie, il s'en moquait. Il était encore joyeux en arrivant chez lui, sinon il n'aurait pas eu le courage d'appeler tous ces Barrett et de parler réellement à la fille. Cela avait été un malheureux échec, bien sûr. Mais il avait appelé, fait la démarche, brisé la routine de ses jours et de ses nuits.

Il alla dans la cuisine, tout à coup affamé, et se servit de la glace dans un plat.

— Je m'appelle Jerry Renault et je ne vendrai pas de chocolats, dit-il à l'appartement vide.

Sa voix fit résonner les mots avec force et noblesse.

27

Ils n'auraient pas dû choisir Frankie Rollo pour une tâche, évidemment. Élève de troisième année, Rollo était insolent et perturbateur. C'était un non-participant, refusant de faire de l'athlétisme ou les activités extrascolaires, si importantes dans le cadre de Trinity. Il ouvrait rarement un livre et ne travaillait jamais, mais il réussissait à survivre parce qu'il était doué d'une vive intelligence. Il avait quelque talent pour tricher. Il avait aussi de la chance. D'ordinaire, c'était le genre de gars qu'Archie convoquait et prenait plaisir à voir plier ou céder. Tous ces soi-disant durs se transformaient en poids plume inoffensifs, confrontés à Archie et aux Vigiles. Leur dédain et leur superbe s'évaporaient, une fois dans l'entrepôt, debout et mal à l'aise. Mais pas Frankie Rollo. Il était décontracté, pas du tout intimidé.

— Ton nom ? demanda Archie.

— Allons, Archie, répondit Rollo en souriant de toute cette bêtise, tu connais mon nom.

Le silence fut impressionnant. Mais avant ce silence, quelqu'un, dans la salle, laissa échapper un soupir. Archie s'employait à garder un visage impassible, pour ne pas trahir la moindre émotion. Mais il était secoué intérieurement. Personne n'avait jamais réagi ainsi. Personne n'avait jamais contesté Archie ou une tâche.

— Ne fais pas l'andouille, Rollo, grogna Carter. Dis-nous ton nom.

Une pause. Archie jura en silence. C'était irritant de voir Carter s'en mêler, comme s'il venait à son secours. Ordinairement, Archie dirigeait les réunions à sa manière, sans s'occuper de personne.

Rollo haussa les épaules.

— Je m'appelle Frankie Rollo, psalmodia-t-il.

— Tu te crois très malin, hein ? demanda Archie.

Rollo ne répondit pas, mais son sourire affecté fut éloquent.

— Très malin, répéta Archie, comme s'il savourait les mots, mais il gagnait du temps, cherchait des idées, sachant qu'il serait nécessaire d'improviser afin de changer ce salaud insolent en victime.

— C'est toi qui l'as dit, pas moi, dit Rollo d'un ton suffisant.

— Nous apprécions les gens malins, ici, dit Archie. En fait, c'est notre spécialité — transformer les gros durs en petits durs.

— Arrête tes conneries, Archie ! dit Rollo. Tu n'impressionnes personne.

Un silence terrible, de nouveau, comme une onde de choc bousculant l'assistance, un coup invisible. Même Obie, qui avait attendu le jour où une victime défierait le grand Archie Costello, restait interloqué.

— Qu'est-ce que tu as dit ? demanda Archie, en mordant dans chaque mot et en les crachant sur Rollo.

— Eh, les gars, dit Rollo, en se détournant d'Archie et en s'adressant à toute l'assemblée. Je ne suis pas un gamin qui pisse de frousse dans sa culotte parce que les grands méchants Vigiles le convoquent à une réunion. Bon sang, vous ne pouvez même pas faire peur à un misérable première année ni réussir à lui faire vendre des chocolats…

— Écoute, Rollo, commença Archie.

Mais il n'eut pas le temps de terminer car Carter se leva d'un bond. Carter attendait un moment comme celui-là depuis des mois, les mains le démangeaient, il avait envie d'agir plutôt que de rester assis dans cette salle, semaine après semaine, tandis qu'Archie jouait gentiment au chat et à la souris.

— Ça va bien comme ça, Rollo, dit Carter.

En même temps, un coup partit et frappa Rollo à la mâchoire. La tête de Rollo fut rejetée en arrière avec un bruit sec comme une articulation qui craque — et il hurla de douleur. Alors qu'il portait tardivement les mains à son visage pour se protéger, le poing de Carter plongea violemment dans son estomac. Rollo gémit et eut des haut-le-cœur, plié en deux, déséquilibré, abasourdi et la respiration coupée. Il fut bousculé par-derrière et tomba par terre à quatre pattes, toussant et crachant.

Des clameurs d'approbation étouffées s'élevèrent parmi les Vigiles. Enfin de l'action, du mouvement, quelque chose qu'on pouvait voir avec les yeux.

— Sortez-le d'ici, dit Carter.

Rollo fut pris par deux membres des Vigiles et à moitié porté, à moitié traîné vers la sortie.

Archie avait observé avec consternation le rapide anéantissement de Rollo. Il était froissé par la brusque mise en avant de Carter, la façon dont les gars l'avaient approuvé. Cela plaçait Archie à son désavantage pour la première fois, parce que Rollo n'avait été qu'un lever de rideau, un peu d'amusement prévu par Obie pour animer la séance. En fait, la réunion avait été demandée pour parler de Renault et chercher ce qu'on pouvait faire avec cet entêté de première année qui refusait de s'aligner.

Carter réclama le silence en frappant avec le marteau sur la table. Une fois le calme revenu, ils purent entendre qu'on laissait tomber Rollo sur le sol du gymnase, puis le bruit d'une chasse d'eau après un vomissement.

— Bon, la paix, ordonna Carter, comme s'il criait à Rollo d'arrêter de vomir.

Puis il se retourna vers Archie.

— Assieds-toi, dit-il.

Archie reconnut le ton de commandement dans la voix de Carter. Un instant, il fut tenté de le contester, mais il se rendit compte que les Vigiles avaient approuvé l'action de Carter contre Rollo. Ce n'était pas le moment de s'affronter à Carter, il fallait rester calme, très calme. Archie s'assit.

— Nous sommes arrivés au moment de vérité, Archie, dit Carter. Et voici comment je vois ça – dis-moi si je me trompe. Quand une enflure comme

Rollo vient ici pour défier les Vigiles, c'est qu'il y a quelque chose qui ne va pas du tout. On ne peut pas se permettre de laisser croire à des types comme Rollo qu'ils peuvent nous baiser. Ça va se savoir et les Vigiles seront démantelés. (Carter s'arrêta pour laisser imaginer la dissolution des Vigiles.) Bon, j'ai dit que quelque chose n'allait pas du tout. Et je vais vous dire ce que c'est. C'est nous.

Ses paroles furent accueillies avec étonnement.

— En quoi ça ne va pas ? demanda Obie, toujours aussi direct.

— D'abord, nous laissons mêler notre nom à cette foutue vente de chocolats. Comme si ça venait de nous ou je ne sais quoi. Deuxièmement, comme a dit Rollo, nous laissons un misérable première année se foutre de nous. (Il se tourna vers Archie.) Pas vrai, Archie ?

La question était pleine de malice.

Archie ne dit rien. Il était soudain entouré d'étrangers et il décida de ne pas broncher. Dans le doute, il vaut mieux attendre. Attendre une brèche. Ce serait évidemment ridicule de montrer son désaccord avec Carter. La nouvelle s'était répandue dans toute l'école : le gars a refusé de vendre les chocolats, défiant les Vigiles en face. C'est pourquoi ils s'étaient réunis ici cet après-midi-là.

— Obie, montre-nous ce que tu as trouvé ce matin sur le panneau d'affichage, dit Carter.

Obie s'empressa de s'exécuter. Il prit sous sa chaise une affiche qu'il avait pliée en deux. Dépliée, l'affiche avait environ la taille d'une fenêtre ordinaire. Obie la présenta de façon que tous puissent la voir. L'affiche proclamait en lettres rouges écrites à la main :

À BAS LES CHOCOLATS

et

À BAS LES VIGILES

— J'ai vu l'affiche parce que j'étais en retard en maths, expliqua Obie. C'était sur le panneau d'affichage dans le couloir principal.

— Crois-tu que beaucoup l'ont vue ? demanda Carter.

— Non. J'étais passé près du panneau une minute avant pour aller à mon casier chercher mon livre de maths. Et l'affiche n'y était pas. Il y a des chances pour que presque personne ne l'ait vue.

— Tu crois que c'est Renault qui l'a mise ? demanda quelqu'un.

— Non, grogna Carter. Renault n'a pas besoin d'aller mettre des affiches. Il dit à bas les Vigiles et les chocolats depuis des semaines déjà. Mais cela montre ce qui se passe. La nouvelle se répand. Si Renault peut s'en sortir en nous défiant, d'autres vont essayer.

Finalement, il se tourna vers Archie.

— D'accord Archie, tu es le cerveau de l'équipe. Et tu nous as mis aussi dans ce pétrin. Où va-t-on maintenant ?

— Tu sonnes l'alarme sans raison, dit Archie, d'un ton calme et naturel.

Il savait ce qu'il avait à faire — reconquérir son précédent statut, effacer le souvenir du défi de Rollo et prouver que lui, Archie Costello, était toujours le chef. Il devait leur montrer qu'il pouvait s'occuper à la fois de Renault et des chocolats. Et il était prêt. Pendant que Carter faisait son discours et qu'Obie montrait son affiche, Archie avait réfléchi à toute vitesse. Il travaillait toujours mieux sous pression, d'ailleurs.

— D'abord, on ne peut pas aller tabasser la moitié des gars de l'école. C'est pourquoi d'habitude je laisse tomber les trucs violents lors des attributions de tâches. Les frères ne seraient pas longs à nous arrêter et les gars se mettraient vraiment à saboter si on leur faisait du mal.

Comme il remarquait l'air réprobateur de Carter, Archie décida de lui jeter un os — Carter dirigeait encore les réunions et, comme président des Vigiles, il pouvait être un adversaire dangereux.

— D'accord, Carter, j'admets que tu as fait du beau travail avec Rollo et qu'il l'avait bien cherché. Mais personne ne s'inquiète de Rollo. Il pourrait rester dans son vomi jusqu'à la fin des temps que tout le monde s'en ficherait. Rollo est une exception.

— Rollo est un exemple, dit Carter. Que ça se sache pour Rollo, et nous n'aurons plus besoin de nous inquiéter pour les autres gars qui veulent faire les malins ou mettre des affiches.

Prévoyant l'impasse, Archie changea de sujet.

— Mais ça ne fait pas vendre les chocolats, Carter, dit-il. Tu nous as dit que les Vigiles étaient liés à la vente. Alors la solution est simple. Finissons-en avec cette sacrée vente le plus tôt possible. Vendons les chocolats. Si Renault devient une sorte de héros parce qu'il ne vend pas les chocolats, de quoi diable va-t-il avoir l'air quand tout le monde les vendra à l'école, sauf lui ?

Des murmures d'approbation parcoururent l'assistance, mais Carter semblait sceptique.

— Et comment faisons-nous pour que tout le monde se mette à vendre les chocolats, Archie ?

Archie se permit de rire tranquillement, sûr de lui, mais il ferma les poings pour cacher ses paumes moites.

— Simple, Carter. Comme tous les grands stratagèmes, il a la beauté de la simplicité. (Les gars attendaient, fascinés comme chaque fois qu'Archie commençait à définir une tâche ou un projet.) Nous rendons la vente des chocolats populaire. Nous rendons la chose attrayante. Nous en parlons. Nous l'organisons. Nous mettons dans le coup les délégués de classe, les surveillants, le conseil de classe, les gars qui ont de l'influence. Agir ou mourir pour la bonne vieille école ! Tout le monde vend !

— Tout le monde ne voudra pas vendre cinquante boîtes, Archie, dit Obie, troublé parce que Archie s'était débrouillé pour reprendre les choses en main — il les avait à sa botte.

— Si, Obie, prophétisa Archie. Ils le voudront. Faut faire ce qui plaît, disent-ils, Obie, faire ce qui plaît. Eh bien, nous allons faire en sorte que ce soit plaisant de vendre des chocolats. Et les Vigiles se distingueront comme d'habitude. L'école nous aimera pour ça – on les débarrassera de leurs chocolats. Nous serons dans les petits papiers de Léon et des autres frères. Pourquoi croyez-vous que j'ai promis de soutenir Léon, au début ?

La voix d'Archie était douce et assurée, la bonne vieille douceur qu'ils reconnaissaient tous comme l'empreinte d'Archie quand il planait haut, avec élégance et aisance. Ils admiraient la façon dont Carter avait utilisé ses poings pour démolir Rollo, mais ils se sentaient plus en sécurité avec Archie comme chef, Archie qui était capable de les mener de surprise en surprise.

– Et Renault ? demanda Carter.

– Ne t'inquiète pas pour Renault.

– Mais si, je m'inquiète pour lui, dit Carter, sarcastique. Il nous fait passer pour des dupes.

– L'affaire Renault s'arrangera d'elle-même, dit Archie.

Carter et les autres ne pouvaient-ils pas le voir ? Étaient-ils si aveugles devant la nature humaine, devant l'évolution des situations ?

– Laisse-moi te dire ceci, Carter. Avant que la vente soit terminée, Renault souhaitera de tout son cœur avoir vendu les chocolats. Et l'école sera contente qu'il ne l'ait pas fait.

— D'accord, dit Carter en donnant un coup de marteau. Il utilisait toujours le marteau quand il n'était pas sûr de lui. Le marteau était un prolongement de son poing. Mais, sentant qu'Archie l'avait évincé l'air de rien, qu'il avait en quelque sorte remporté une victoire, Carter dit :

— Écoute, Archie, s'il y a des retombées, si la vente ne marche pas, alors tu seras foutu, tu comprends ? Tu seras refait et on n'aura pas besoin de la boîte noire.

Le sang afflua aux joues d'Archie et il sentit une pulsation battre dangereusement dans ses tempes. Personne ne lui avait encore jamais parlé ainsi, pas devant tout le monde, comme ça. Il se força à rester calme et à garder ce sourire aux lèvres comme une étiquette sur une bouteille, pour cacher son humiliation.

— T'as intérêt à ne pas te tromper, Archie, dit Carter. En ce qui me concerne, tu es en sursis jusqu'à ce que le dernier chocolat soit vendu.

L'humiliation finale. En sursis.

Archie garda ce sourire aux lèvres jusqu'à ce qu'il sente que ses joues allaient craquer.

28

Il donna la balle à Guilmet, en la faisant claquer contre son ventre, puis resta là en attendant que Carter se précipite contre la ligne. La stratégie voulait que Jerry donne un coup bas à Carter et le fasse dégringoler, obligation qui ne lui souriait pas. Carter pesait facilement vingt kilos de plus et l'entraîneur l'utilisait pour forcer l'équipe des « première année » à rester vigilante. Mais l'entraîneur disait toujours : « Ce qui importe, c'est pas le poids du corps, c'est ce qu'on fait avec. » À présent, Jerry attendait que Carter sorte de la bousculade provoquée par le plaquage de Guilmet. Et voilà qu'il déboulait comme un train de marchandises sans freins, sans contrôle, comme un fou, essayant de se jeter sur Guilmet mais trop tard, trop tard. Jerry sauta sur lui, visant les genoux, ce territoire vulnérable, cible désignée par l'entraîneur. Carter et Jerry entrèrent en collision comme dans un accident de voiture. Des lumières multicolores tourbillonnèrent – un 4 Juillet*, un après-midi d'octobre. Jerry se sentit précipité au sol, bras et jambes enchevêtrés de travers avec ceux de Carter. Il éprouvait quelque plaisir à cette collision, ce contact honnête du football. Ce n'était peut-être pas aussi beau qu'une passe réussie ou qu'une feinte qui déséquilibre l'adversaire, mais c'était beau quand même, viril et arrogant.

La bonne odeur de terre et d'herbe humide pénétra dans les narines de Jerry et il se laissa bercer un instant par la douceur, sachant qu'il avait rempli son contrat : avoir Carter. Il leva les yeux pour voir Carter se relever, hochant la tête, l'air étonné. Jerry sourit en se mettant debout. Soudain, il fut frappé par-derrière d'un coup vicieux dans les reins, violent et douloureux. Ses genoux fléchirent et il retomba. Alors qu'il tentait de se retourner pour voir qui l'avait attaqué, un autre coup survint, ailleurs, et Jerry sentit qu'il perdait l'équilibre. Ses yeux se mouillèrent et des larmes coulèrent le long de ses joues. Il regarda

---

* Fête nationale aux États-Unis.

autour de lui et vit les copains qui se mettaient en place pour le jeu suivant.

— Allez, Renault ! cria l'entraîneur.

Il se mit sur un genou puis réussit à tenir debout. La douleur s'effaçait, se transformant en un mal sourd généralisé.

— Presse-toi, presse-toi, insista l'entraîneur, grognon comme d'habitude.

Jerry se dirigea lentement vers la formation. Il enfonça la tête et les épaules dans le *huddle*, se demandant quel code il devait annoncer ensuite ; mais il n'était pas tout entier au jeu. Il releva la tête et scruta le terrain, comme s'il se demandait quoi faire après. Qui l'avait attaqué ainsi ? Qui le détestait au point de le tourmenter si méchamment ?

Pas Carter : Carter était bien en vue. Mais qui d'autre ? N'importe qui. Ça pouvait être n'importe qui. De son équipe, peut-être.

— Ça va ? demanda quelqu'un.

Jerry plongea de nouveau dans le *huddle*. Annonça son propre numéro – pour courir. Au moins, s'il avait le ballon, il verrait bien tout le monde et risquerait moins une attaque sournoise.

— Allons-y, dit-il, en y mettant de la conviction, pour bien montrer à tous qu'il était en pleine forme, prêt pour l'action. Il sentit en marchant une douleur dans sa cage thoracique.

Sur la ligne, au centre, Jerry leva les yeux à nouveau pour observer tous les joueurs. On essayait de l'évincer.

Donnez-moi des yeux par-derrière, pria-t-il, en criant le code.

Le téléphone sonna au moment où il mettait la clé dans la serrure. Il la tourna rapidement, ouvrit la porte à la volée et jeta ses livres sur la chaise de l'entrée. La sonnerie continuait inlassablement et résonnait dans l'appartement vide.

Finalement il décrocha le combiné.

— Allô ?

Silence. Même pas la tonalité. Puis, se détachant du silence, un bruit faible, lointain, qui se rapprochait, comme un petit rire lié à une plaisanterie confidentielle.

— Allô, dit encore Jerry.

Le rire s'accentua alors. Un appel obscène ? Il n'y a que les filles qui en reçoivent, n'est-ce pas ? Ce rire à nouveau, plus précis et plus fort mais toujours intime et suggestif, d'une certaine façon, comme pour dire : Je sais quelque chose que tu ne sais pas.

— Qui est-ce ? demanda Jerry.

Et puis la tonalité, comme un pet dans son oreille.

Cette nuit-là, à onze heures, le téléphone sonna encore. Jerry pensa que c'était son père — il était d'équipe de nuit au magasin.

Il décrocha le combiné et dit allô.

Pas de réponse.

Aucun bruit.

Il voulut raccrocher mais quelque chose l'en empêcha et il attendit.

De nouveau le rire.

C'était plus bizarre qu'à trois heures de l'après-midi. De nuit, l'obscurité régnant dehors, l'appartement criblé d'ombres, ça paraissait plus menaçant. C'est normal, se dit Jerry, ça semble toujours pire la nuit.

— Eh, qui c'est ? demanda-t-il, le son de sa voix ramenant la normalité.

À nouveau le rire, presque diabolique par sa moquerie silencieuse.

— Quel est cet imbécile ? Cette espèce de cinglé ? Ce crétin stupide ? demanda Jerry.

Le faire parler. Le mettre en colère.

Le rire se transforma en un ricanement moqueur. Puis à nouveau la tonalité.

Il conservait rarement quelque chose de valeur dans son casier. L'école était bien connue pour ses « emprunteurs » — des gars qui n'étaient pas vraiment voleurs mais qui prenaient tout ce qui n'était pas cloué ou enfermé à clé. Inutile d'acheter un cadenas — il serait forcé tout de suite. Il n'était pratiquement pas possible d'avoir un peu d'intimité à Trinity. La plupart des gars n'avaient aucun respect du droit des autres et ils s'en moquaient. Ils fouillaient les bureaux, forçaient les casiers, cherchaient continuellement partout — de l'argent, de l'herbe, des livres, des montres, des vêtements — n'importe quoi.

Le matin suivant ce premier appel nocturne, Jerry ouvrit son casier et hocha la tête, incrédule. Son affiche avait été barbouillée d'encre ou d'une sorte de peinture bleue. La phrase était pratiquement illisible. *Oserai-je déranger l'univers ?* n'était plus qu'un assemblage ridicule de lettres sans suite. C'était un acte de vandalisme tellement idiot et puéril que Jerry en éprouvait plus de crainte que de colère. Qui avait pu faire une chose aussi stupide ? En baissant les yeux, il vit que ses chaussures de sport neuves avaient été lacérées, la toile n'étant plus que lambeaux pendants et tout effilochés. Il avait commis l'erreur de les laisser là, la veille.

Abîmer l'affiche était une chose, un acte grossier, celui d'une crapule – et toutes les écoles en avaient, même Trinity. Mais ça n'avait rien d'amusant de détruire des chaussures de sport. C'était délibéré, c'était un avertissement.

Les appels téléphoniques.

L'attaque sur le terrain de football.

Cela à présent.

Il ferma rapidement le casier pour que personne ne voie les dégâts. Sans raison, il avait honte.

Il rêvait d'un incendie, avec des flammes qui ravageaient des murs inconnus et la sirène qui mugissait, or ce n'était pas la sirène mais le téléphone. Jerry sortit de son lit avec difficulté. Dans l'entrée, son père raccrochait le combiné.

— Il se passe de drôles de choses en ce moment.

La vieille horloge sonna deux coups.

Jerry n'eut pas besoin de chasser le sommeil. Il était bien réveillé, frissonnant, le froid du plancher le pénétrant par les pieds.

— Qui était-ce ? demanda-t-il. Bien qu'il le sût, évidemment.

— Personne, répondit son père, écœuré. La même chose s'est produite la nuit dernière, à peu près à cette heure-ci. Mais ça ne t'a pas réveillé. Quelque cinglé à l'autre bout du fil, qui se marre comme si c'était la meilleure blague qui soit. (Il allongea le bras et passa la main dans les cheveux de Jerry.) Retourne te coucher, Jerry. Il y a des cinglés de toute sorte en liberté.

Jerry ne sombra dans un étrange sommeil sans rêve que plusieurs heures après.

— Renault ? appela Frère Andrew.

Jerry leva les yeux. Il était plongé dans son nouveau dessin — la copie d'une maison à un étage, pour apprendre la perspective. Un simple exercice, mais il aimait les lignes régulières, la netteté, la beauté sévère des plans et des angles.

— Oui, Frère ?

— Ton aquarelle. Le paysage demandé.

— Oui ? dit-il, intrigué.

L'aquarelle, qui était un ouvrage important, lui avait demandé une semaine de travail acharné, simplement parce que Jerry n'était pas très fameux en dessin d'art. Il était plus à l'aise en dessin géométrique où la composition était bien définie. Mais l'aquarelle devait compter à cinquante pour cent dans la note du semestre.

— C'est aujourd'hui le dernier jour pour la rendre, dit le frère. Je ne trouve pas la tienne, ici.

— Je l'ai mise sur votre bureau, hier, dit Jerry.

— Hier ? demanda Frère Andrew, comme s'il n'avait jamais entendu parler d'hier.

C'était un homme fastidieux, précis, qui enseignait normalement les maths mais qui avait choisi d'enseigner le dessin.

— Oui, monsieur, dit Jerry fermement.

L'air étonné, le frère examina la pile de dessins entassés sur le bureau.

Jerry soupira tout bas, résigné. Il savait que Frère Andrew ne trouverait pas le dessin. Il avait envie de se retourner pour scruter les visages des gars de la classe, pour trouver celui qui serait en train de jubiler méchamment. Eh, tu deviens parano, se dit-il. Qui serait venu en douce prendre ton dessin ? Qui aurait observé suffisamment pour savoir que tu l'avais remis hier ?

Frère Andrew leva les yeux.

— Pour utiliser un cliché, Renault, nous sommes enfermés dans un dilemme. Ton paysage n'est pas ici. Conclusion : soit je l'ai perdu et je n'ai pas pour habitude de perdre des dessins... (Le professeur s'arrêta un instant comme s'il espérait des rires et, effectivement, des rires fusèrent.) ... soit ta mémoire te trahit.

— Je l'ai rendu, Frère.

Fermement. Sans panique.

Le professeur regarda Jerry dans les yeux. Jerry y vit un doute sincère.

— Bon, Renault, peut-être qu'après tout j'ai vraiment l'habitude de perdre des dessins, dit-il, et Jerry sentit une bouffée de sympathie pour le professeur. En tout cas, je vérifierai. Peut-être l'ai-je laissé dans la salle des professeurs.

Sans raison, cette remarque provoqua aussi des éclats de rire et même le professeur s'y joignit. C'était la fin du cours et de la journée, et tout le monde avait besoin de se détendre, de décompresser, de se laisser un peu aller. Jerry avait envie de regarder tout autour de lui pour voir quels yeux rayonnaient de joie à cause de l'aquarelle perdue.

— Bien sûr, Jerry, si sympathique que je sois, je devrai te sanctionner ce trimestre si je ne trouve pas ce paysage.

Jerry ouvrit son casier.

Il était toujours dans le même état. Jerry n'avait pas déchiré l'affiche ni enlevé ses chaussures, les laissant comme des symboles. Symboles de quoi ? Il ne savait pas trop. Regardant tristement l'affiche, il s'interrogea sur les mots effacés : *Oserai-je déranger l'univers ?*

Le chahut habituel du couloir l'entoura, les portes des casiers qu'on claque, les cris sauvages et les sifflements, les pieds qui tambourinent quand les gars courent vers leurs activités d'après la classe : le football, la boxe, les débats.

Oserai-je déranger l'univers ?

Oui, je crois, je crois. Je le pense.

Jerry comprit soudain l'affiche – l'homme solitaire sur la plage, droit, seul et sûr de lui, prêt à se faire entendre et connaître dans le monde, dans l'univers.

29

Épatant.

Brian Cochran additionnait les sommes et recommençait sans se lasser, en jouant avec les nombres comme s'il était jongleur et les chiffres, des jouets fascinants. Il était impatient de donner les résultats à Frère Léon.

Les quelques jours précédents, le volume des ventes avait augmenté d'une façon vertigineuse. Vertigineuse était le mot exact. Brian se sentait ivre de statistiques, les chiffres étant comme de l'alcool et lui donnant l'impression d'avoir la tête vide et d'être tout étourdi.

Que s'était-il passé ? Il ne savait pas trop. Il n'y avait pas la moindre raison pour ce changement soudain, cette montée surprenante, cette explosion inattendue des ventes. Mais la preuve du changement n'était pas seulement ici, dans les nombres devant lui, mais partout dans l'école. Brian avait observé l'activité fébrile, la façon dont les chocolats étaient devenus soudain une vogue, une marotte, comme le hula-hoop il y avait quelques années, avec ces démonstrations extraordinaires quand ils étaient gamins, au cours préparatoire. Les rumeurs indiquaient que les Vigiles avaient décidé de faire de la vente une croisade spéciale.

Et c'était possible, bien que Brian n'ait pas enquêté – il évitait toujours les Vigiles. Cependant, il avait vu certains des membres les plus connus arrêter des gars dans les couloirs, contrôler leur vente et chuchoter des menaces à ceux qui n'avaient vendu que quelques boîtes. Tous les après-midi, des équipes de gars quittaient l'école, chargés de chocolats. Ils les empilaient dans les autos et partaient. Brian apprit qu'ils allaient dans plusieurs quartiers de la ville et même aux alentours, tirant les sonnettes, cognant aux portes, offensive commerciale telle qu'on aurait dit qu'ils étaient carrément des vendeurs d'encyclopédies, payés au pourcentage. Brian avait même entendu dire que quelqu'un avait demandé la permission d'entrer dans une des usines locales — quatre gars y avaient circulé et vendu trois cents boîtes en deux heures. Cette activité fébrile faisait courir Brian pour garder les résultats à jour et les afficher ensuite sur les grands tableaux de la grande salle. La salle de réunion était devenue le point de ralliement de l'école. « Eh, regarde, avait crié un gars la dernière fois. Jimmy Demers a vendu cinquante boîtes. »

C'était le côté faux jeton de la vente, cette façon d'en faire profiter tous les élèves. Brian ne savait pas si c'était juste ou non mais il ne discutait pas les méthodes — Frère Léon était intéressé et Brian aussi. Pourtant, Brian n'était pas très à l'aise devant cette situation. Quelques minutes auparavant, Carter était entré dans le bureau avec une poignée de billets. Brian l'avait traité avec beaucoup d'égards — c'était le chef des Vigiles.

— Tiens, voilà, avait dit Carter, en jetant l'argent sur le bureau. C'est ce qui revient. Soixante-quinze boîtes vendues — cent cinquante dollars. Recompte ça.

— D'accord.

Brian s'exécuta vivement sous la surveillance de Carter. Ses doigts tremblaient et il faisait bien attention de ne pas se tromper. Pourvu que ça tombe pile.

– Exactement cent cinquante, annonça-t-il.

C'est alors que ce fut bizarre.

– Montre-moi la liste, dit Carter.

Brian la lui tendit. Chaque nom était suivi de plusieurs cases dans lesquelles les chiffres étaient notés au fur et à mesure ; ils correspondaient à l'affichage en salle de réunion. Après avoir étudié la liste quelques instants, Carter dit à Brian d'inscrire des chiffres de vente à plusieurs élèves. Brian remplit les cases comme Carter le lui indiqua : Huart, treize... De Lillo, neuf... Lemoine... seize. Et ainsi de suite jusqu'à ce que les soixante-quinze boîtes soient réparties entièrement entre sept ou huit élèves.

– Ces types ont drôlement bien vendu les chocolats, dit Carter, avec un sourire niais. Je veux être sûr que ce soit bien marqué.

– D'accord, dit Brian, sans faire de vagues.

Il savait bien que pas un seul gars choisi par Carter n'avait vendu de chocolats. Mais ce n'était pas son problème.

– Combien de gars ont atteint le quota aujourd'hui ? demanda Carter.

Brian consulta ses chiffres.

— Six, en comptant Huart et Le Blanc. Les ventes qu'ils viennent de faire leur ont permis de franchir le cap.

Brian réussit à rester parfaitement impassible.

— Tu sais, Cochran ? Tu es génial. Tu es un gars bien et tu comprends vite.

Vite ? Diable, ils jonglent avec les ventes depuis une semaine et Brian avait mis deux jours entiers à comprendre. Il fut tenté de demander alors à Carter si la campagne était devenue l'affaire des Vigiles — comme l'une des tâches d'Archie Costello —, mais il décida de contenir sa curiosité.

Avant la fin de l'après-midi, le fruit de la vente de quatre cent soixante-quinze boîtes avait été rapporté — de l'argent frais, tout frais — au fur et à mesure que les équipes rentraient à l'école en klaxonnant, transportées de joie par leur succès.

Quand Frère Léon arriva, ils totalisèrent toutes les ventes et découvrirent que quinze mille dix boîtes de chocolats avaient déjà été vendues. Il n'en restait plus que cinq mille — ou quatre mille neuf cent quatre-vingt-dix pour être exact, comme le fit remarquer Frère Léon, à sa façon pointilleuse et méticuleuse. Mais Frère Léon n'était pas un problème, ce jour-là. Lui aussi semblait insouciant, heureux, ses yeux embués étincelant de joie devant le succès de la vente.

Il appela même Brian par son prénom.

Quand Brian se rendit dans la salle de réunion pour afficher les derniers chiffres, un groupe de gars joyeux applaudit à son entrée. Personne ne l'avait jamais applaudi, et il se prit pour un héros de football, pas moins.

30

Il n'y avait plus besoin de faire l'appel pour les chocolats, puisque la plupart des élèves apportaient directement l'argent à Brian Cochran dans le bureau. Mais Frère Léon persistait pourtant. Cacahuète remarqua que le professeur y prenait alors un grand plaisir, et en faisait tout un plat. Il lisait les derniers résultats qu'on avait communiqués à Brian Cochran, en donnant les détails à la classe, en s'attardant sur les noms et les totaux, en exploitant la chose au maximum. En outre, il y avait des lèche-bottes ou des poltrons comme David Caroni qui clamaient leurs résultats dans la classe tandis que Léon savourait les totaux.

— Voyons, Harnett, dit Léon en hochant la tête avec une surprise satisfaite. Le rapport dit que tu as vendu quinze boîtes hier, ce qui porte ton total à quarante-trois. Merveilleux !

Et il jeta un coup d'œil sournois à Jerry.

C'était complètement ridicule, bien sûr, puisque Harnett n'avait vendu aucun chocolat. Les ventes avaient été faites par des équipes de gars qui sortaient chaque après-midi. L'école était devenue dingue de chocolats. Mais pas Cacahuète. Par sympathie pour Jerry, il avait décidé d'arrêter complètement d'en vendre et son total de vingt-sept n'avait pas bougé depuis une semaine. C'était assez peu.

— Mallan ? appelait Léon.

— Sept.

— Voyons ça, Mallan. Eh bien, ça porte ton total à quarante-sept. Félicitations, Mallan. Je suis certain que tu vas vendre les trois boîtes qui restent aujourd'hui.

Cacahuète se ratatina sur sa chaise. Le suivant serait Parmentier. Et puis Jerry. Il jeta un coup d'œil vers lui et le vit assis bien droit, comme s'il attendait avec plaisir qu'on dise son nom.

— Parmentier ?

— Sept.

— Parmentier, Parmentier, s'étonna Léon. Cela fait un total de... mais oui, sapristi, de cinquante ! Tu as atteint le quota, Parmentier. Brave garçon, brave garçon ! On applaudit, messieurs.

Cacahuète s'arrangea pour faire semblant.

Un silence. Et puis la voix de Léon entonna :

— Renault !

C'était le mot exact : entonna. Une voix exultante, lyrique. Cacahuète comprit que Léon, à présent, se moquait que Jerry vende ou non les chocolats.

— Non, répondit Jerry, d'une voix claire et vigoureuse, vibrante de son propre triomphe.

Peut-être qu'ils pouvaient gagner tous les deux. Peut-être qu'on pouvait éviter l'affrontement après tout. La vente se terminait. Ça pouvait finir en statu quo et finalement être oublié, absorbé par les autres activités scolaires.

— Frère Léon.

Tous les yeux se tournèrent vers Harold Darcy qui avait parlé.

— Oui, Harold.

— Puis-je poser une question ?

Le professeur fronça les sourcils. Il s'amusait si bien qu'il redoutait une interruption.

— Oui, oui, Darcy.

— Voudriez-vous demander à Renault pourquoi il ne vend pas les chocolats comme tout le monde ?

On entendit un bruit de klaxon à quelque distance. Frère Léon avait l'air circonspect.

— Pourquoi veux-tu savoir ? demanda-t-il.

— Je trouve que j'ai le droit de savoir. C'est le droit de tous.

Il regarda autour de lui en quête d'approbation. Quelqu'un cria :

— C'est vrai.

Darcy dit :

— Tout le monde fait sa part, pourquoi pas Renault ?

— Est-ce que tu veux bien répondre à cela, Renault ? dit le professeur, ses yeux humides pétillant d'une malice indéniable.

Jerry attendit, le visage soudain empourpré.

— C'est un pays libre, dit-il, paroles qui déclenchèrent une vague de rires. Quelqu'un poussa un hennissement. Frère Léon semblait tout à fait joyeux et Cacahuète eut mal au cœur.

— Je crains que tu ne sois obligé d'être plus original que cela, Renault, dit Frère Léon, faisant le jeu de son auditoire, comme d'habitude.

Cacahuète put voir la couleur monter aux joues de Jerry. Il remarqua aussi un changement dans la classe, une transformation subtile du climat et de l'atmosphère. Jusqu'à cet appel particulier, la classe était restée neutre, indifférente à la position de Jerry, gardant une attitude de tolérance. Ce jour-là cependant, l'air était rempli d'animosité. Plus que cela – d'hostilité. Par exemple, Harold Darcy. D'ordinaire, c'était un bon gars, s'occupant de ses propres affaires, et il n'avait rien d'un croisé ni d'un fanatique. Là, tout à coup, il provoquait Jerry.

– N'avez-vous pas dit que cette vente était volontaire, Frère Léon ? demanda Jerry.

– Oui, répondit le professeur avec peu d'empressement, comme s'il essayait de se fondre dans l'anonymat, pour laisser Jerry se trahir seul par ses propres paroles.

– Alors, je ne me sens pas obligé de vendre des chocolats.

Des murmures de ressentiment traversèrent la salle.

– Tu crois être meilleur que nous ? lança Darcy.

– Non.

– Alors pour qui te prends-tu ? demanda Phil Beauvais.

– Je suis Jerry Renault, et je ne vendrai pas de chocolats.

Zut, pensa Cacahuète. Pourquoi n'a-t-il pas plié un peu ? Juste un peu.

La cloche sonna. Pendant un instant, les garçons restèrent assis à attendre, sachant que rien n'était conclu. Quelque chose de terrible dans cette attente. Puis le moment fut écoulé et les élèves repoussèrent leur chaise et se levèrent avec bruit comme d'habitude. Personne ne regarda Jerry Renault. Quand Cacahuète arriva à la porte, Jerry s'en allait vivement vers son cours suivant. Un groupe de gars, dont Harold Darcy, se tenait dans le couloir et observait d'un air maussade Jerry qui s'éloignait.

Plus tard dans l'après-midi, Cacahuète alla vers la salle de réunion, attiré par les clameurs et les ovations. Il resta au fond, tandis que Brian Cochran affichait les derniers résultats. Il y avait peut-être cinquante ou soixante gars, chose inhabituelle à une heure pareille. À chaque fois que Cochran écrivait un nouveau nombre, les gars poussaient des acclamations, conduits par le grand costaud de Carter, pas moins, qui n'avait sans doute rien vendu du tout mais qui avait laissé les autres le faire pour lui.

Brian Cochran consulta une feuille de papier qu'il avait à la main et puis se dirigea vers l'un des trois grands tableaux. À côté du nom Roland Goubert, il écrivit le nombre cinquante.

Pendant un instant, Cacahuète ne réalisa pas qui était ce Roland Goubert — il regardait, fasciné, incrédule. Et puis — eh, c'est moi !

— Cacahuète a vendu ses cinquante boîtes ! cria quelqu'un.

Ovations, applaudissements et sifflets à tout rompre.

Cacahuète s'apprêtait à protester. Il n'avait vendu que vingt-sept boîtes, bon sang. Il s'était arrêté à vingt-sept pour montrer qu'il approuvait Jerry, même si personne n'en savait rien, pas même Jerry. Et voilà que tout s'évaporait et il avait envie de se fondre dans la masse, comme s'il pouvait se recroqueviller et se rendre invisible. Il ne voulait pas d'ennuis. Il en avait déjà eu assez, et il avait tenu bon. Mais il savait que ses jours à Trinity seraient comptés s'il allait vers ce groupe de gars réjouis pour leur dire d'effacer le cinquante près de son nom.

Quand il fut dans le couloir, sa respiration s'accéléra. Sinon, il ne sentait rien. Il se forçait à ne rien sentir. Il ne se considéra pas comme lamentable. Il ne se considéra pas comme traître. Il ne se sentit ni petit ni poltron. Mais s'il n'éprouvait rien de tout cela, pourquoi pleura-t-il tout au long du chemin jusqu'à son casier ?

31

— Où vas-tu donc comme ça ?

C'était une voix familière — la voix de toutes les brutes du monde : Harvie Cranch, qui attendait Jerry à la porte de St John's quand il était au cours élémentaire ; Eddie Herman, en colonie, qui prenait plaisir à tourmenter les petits, et cet inconnu qui l'avait frappé au cirque, un été, pour lui arracher son ticket. C'était cette voix-là qu'il entendait, la voix de tous les brimeurs, agitateurs et salauds d'ici-bas. Moqueuse, provocante, enjôleuse. De quelqu'un qui cherche des histoires. *Où vas-tu donc comme ça ?* La voix de l'ennemi.

Jerry le regarda. Le gars se tenait devant lui dans une posture de défi, les pieds bien plantés au sol, les jambes légèrement écartées, les mains à plat le long de son corps comme s'il portait d'énormes revolvers et qu'il était prêt à dégainer, ou pareil à un karatéka sur le point d'agir. Jerry ne connaissait rien au karaté, sinon par ses rêves où il démolissait ses ennemis sans pitié.

— Je t'ai posé une question, dit le gars.

Jerry le reconnut alors — Janza, une vraie brute. Un bizuteur qu'il valait mieux éviter.

— Je sais que tu m'as posé une question, dit Jerry en soupirant. Il savait ce qu'il allait se passer.

— Quelle question ?

Et voilà. La provocation, le commencement du jeu bien connu du chat et de la souris.

— La question que tu m'as posée, insista Jerry, tout en sachant que c'était futile. Peu importait ce qu'il disait et comment il le disait. Janza cherchait une occasion et il la trouverait.

— Et qu'est-ce que c'était ?

— Tu voulais savoir où j'allais.

Janza sourit ; il avait gagné un point, remporté une petite victoire. Un sourire suffisant, d'évidente supériorité, le sourire entendu de celui qui sait tout, comme s'il connaissait les secrets de Jerry et un tas de sales trucs sur lui.

— Tu sais ? demanda Janza.

Jerry attendit.

— Tu m'as l'air d'être un petit malin, dit Janza. Pourquoi ceux qui le sont accusent-ils toujours les autres de l'être ?

— Qu'est-ce qui te fait dire cela ? demanda Jerry, qui essayait de gagner du temps, en espérant que quelqu'un passerait par là. Il se rappela comment M. Phaneuf l'avait sauvé une fois quand Harvey Cranch l'avait coincé près de la grange du vieux. Mais là, il n'y avait personne. Le football n'avait pas marché. Il n'avait pas réussi une seule passe et l'entraîneur l'avait finalement congédié. *C'est pas ton jour, Renault, va prendre une douche.* En se retournant, Jerry avait vu les sourires narquois, la jubilation secrète sur les visages des joueurs et il avait compris la vérité. Ils avaient fait exprès de lâcher le ballon, ils avaient refusé de le bloquer. Maintenant que Cacahuète avait quitté l'équipe, il n'y avait plus personne à qui se fier. Encore de la paranoïa, s'était-il dit en quittant le terrain de football pour se rendre au gymnase. Et là, il avait rencontré Janza qui aurait dû être sur le terrain, mais qui était venu l'attendre à cet endroit.

— Pourquoi est-ce que je pense que tu es un petit malin ? demanda alors Janza. Parce que tu fais de la surenchère. T'essaies de t'en tirer en paraissant sincère. Mais ça ne prend pas avec moi. Tu t'enfermes dans ton cabinet.

Janza sourit, de ce même sourire entendu qui se veut de connivence, mais qui sonne faux.

— Qu'entends-tu par cabinet ?

Janza, ravi, se mit à rire et effleura la joue de Jerry avec la main, comme s'ils étaient de vieux copains en train de converser amicalement, un après-midi d'octobre où le vent faisait tourbillonner les feuilles autour d'eux, comme des confettis géants. Jerry pensa qu'il comprenait le sens du geste de Janza — Janza brûlait de l'envie d'agir, de toucher, de se battre. Et il devenait impatient. Mais il ne voulait pas commencer le premier. Il voulait pousser Jerry à le faire, c'est ainsi qu'agissaient ceux qui brimaient les autres, pour se sentir innocents après le délit. *C'est lui qui a commencé*, clamaient-ils. Assez bizarrement, Jerry se sentait capable de battre Janza. L'indignation accumulée promettait force et endurance. Mais il ne voulait pas se battre. Il ne voulait pas en revenir à la violence du collège, cet honneur recherché dans la cour de récréation, qui n'avait rien de glorieux, cette nécessité de s'affirmer par des nez en sang, des yeux au beurre noir et des dents cassées. Surtout, il ne voulait pas se battre pour la même raison qu'il refusait de vendre des chocolats – il voulait décider lui-même, faire ce qui lui plaisait, comme ils disaient.

— Ce que je veux dire par *cabinet*, dit Janza en tendant à nouveau la main vers la joue de Jerry, mais en s'attardant un peu cette fois, pour une caresse légère, c'est que tu t'y caches.

— Je cache quoi ? Vis-à-vis de qui ?

— De tous. De toi-même. Tu caches ce noir secret au fond de toi.

— Quel secret ?

Bouleversé maintenant.

— Que tu es une tapette. Un pédé. Enfermé dans ton cabinet, caché.

L'envie de vomir prit Jerry à la gorge, geyser de nausée qu'il eut du mal à contenir.

— Eh, tu rougis, dit Janza. La tapette rougit...

— Écoute... commença Jerry sans savoir réellement ce qu'il allait dire. La pire chose au monde : être traité de pédé.

— Toi, écoute, dit Janza, calme à présent, sachant qu'il avait touché un point sensible. Tu pollues Trinity. Tu ne vends pas les chocolats comme tout le monde et maintenant nous avons découvert que tu es une tapette. (Il hocha la tête en feignant une admiration outrée.) T'es vraiment quelque chose, tu sais ? Trinity a des moyens et des tests pour éliminer les homos, mais tu as été assez malin pour passer au travers, n'est-ce pas ? Tu dois drôlement en profiter — dis donc, quatre cents jeunes corps appétissants pour te frotter...

— Je ne suis pas une tapette, cria Jerry.

— Embrasse-moi, dit Janza en avançant les lèvres de façon grotesque.

— Espèce de salaud, dit Jerry.

Les mots restèrent suspendus en l'air, claquant comme des drapeaux avant la bataille. Et Janza eut un sourire radieux et triomphant. C'est ce qu'il attendait depuis le début, bien sûr. Cela avait été la cause de l'altercation, des insultes.

— Comment m'as-tu appelé ? demanda Janza.

— Espèce de salaud, dit Jerry en mesurant ses mots, en les prononçant délibérément, désireux de se battre à présent.

Janza rejeta la tête en arrière et se mit à rire. Ce rire surprit Jerry – il s'attendait à des représailles. Au lieu de cela, Janza restait extrêmement détendu, les mains sur les hanches, amusé.

Et c'est à ce moment-là que Jerry les vit. Trois ou quatre qui sortirent des buissons et des taillis en courant, baissés, au ras du sol. Ils étaient petits, comme des Pygmées, et ils arrivèrent si vite sur lui qu'il ne put les voir bien, qu'il ne distingua qu'un fouillis de visages souriants, des sourires mauvais. Il en arrivait à présent cinq ou six autres, sortant de derrière un bosquet de sapins, et, avant que Jerry puisse se préparer ou même lever les bras pour se garantir, ils étaient tous sur lui, le frappant partout, le faisant rouler au sol comme s'il était une sorte de Gulliver sans défense. Une douzaine de poings lui martelaient le corps, des ongles lui déchirèrent la joue et l'un d'eux lui laboura l'œil. Ils voulaient le rendre aveugle. Ils voulaient le tuer. La douleur lui mordit l'aine – on lui avait donné un coup de pied. Les coups pleuvaient sur lui sans pitié, sans relâche, et il essaya de se mettre en boule et de se faire petit en se cachant le visage, mais quelqu'un lui cognait la tête violemment, *arrêtez, arrêtez !* Un autre coup de pied dans l'aine, il ne put retenir son envie de vomir et il ouvrit la bouche pour que ça parte. Au moment où il vomit, ils le laissèrent ; quelqu'un, dégoûté, cria « Jésus ! » et ils s'écartèrent. Il entendit leur respiration et leur fuite précipitée, bien que l'un d'eux, resté en arrière, lui donnât un autre coup de pied dans les reins, douleur finale qui provoqua un voile noir devant ses yeux.

32

Bien-être de l'obscurité. Sécurité. Obscurité, sécurité et calme. Il n'osait plus bouger. Il craignait que ses membres ne se détachent, tous les os épars, comme un bâtiment qui s'effondre, comme une clôture qui tombe en morceaux. Un léger bruit atteignit ses oreilles et il comprit que c'était lui qui gémissait doucement, comme s'il se chantait une berceuse. Tout à coup sa mère lui manqua. Ce sentiment provoqua des larmes sur ses joues. Il n'avait pas du tout pleuré à cause des coups ; il était resté par terre quelques minutes après le bref évanouissement, s'était relevé avec peine et puis s'était traîné douloureusement jusqu'au vestiaire de l'école, en marchant comme sur une corde raide, comme si un faux pas risquait de le précipiter dans le vide. Dans l'oubli. Il s'était lavé, l'eau froide était semblable à des ongles qui enflammaient les égratignures de son visage. Je ne vendrai pas leurs chocolats, qu'ils me tabassent ou non. Et je ne suis pas une tapette, je ne suis pas une pédale. Il s'était esquivé de l'école, ne voulant pas qu'on le voie peiner en marchant jusqu'à l'arrêt de bus. Il avait remonté son col comme un criminel, comme ces hommes, aux informations, qu'on emmène au tribunal. C'est drôle, on vous fait violence, mais c'est vous qui devez vous cacher, comme si vous étiez le coupable. Il s'était mis au fond du bus, content que ce ne soit pas un de ces bus scolaires bondés mais un bus indépendant passant aux heures creuses. Il était plein de personnes âgées, des vieilles femmes aux cheveux bleus, qui portaient de grands sacs et qui, détournant les yeux, faisaient mine de ne pas le voir. Mais elles avaient froncé le nez à son passage, en sentant l'odeur de vomi. Tant bien que mal, il était rentré chez lui par ce bus cahotant, s'était glissé dans cette pièce calme où il était présentement assis et où le soleil couchant, saignant dans le ciel, éclaboussait la fenêtre. L'obscurité entrait. Au bout d'un moment, il prit un bain chaud et s'imprégna d'eau. Puis il s'assit dans le noir, calme, attendant de se remettre, sans bouger, sentant alors une douleur sourde se répandre dans ses os, maintenant que les premières vagues de souffrance étaient passées. L'horloge sonna six heures. Il était content que son père soit de l'équipe du soir jusqu'à onze heures. Il ne voulait pas être vu avec ces marques fraîches sur le visage, ces contusions. Aller dans la chambre, se dit-il, se déshabiller, se mettre dans les draps frais, lui dire que je suis rentré malade, que ça doit être un virus, une grippe de vingt-quatre heures, et garder le visage caché.

Le téléphone sonna.
Oh non, protesta-t-il.
Laissez-moi tranquille.
La sonnerie persista, moqueuse comme Janza l'avait été.
Let it be, ainsi soit-il, comme chantaient les Beatles.
Ça sonnait toujours.
Et il sut soudain qu'il devait répondre. Ils voulaient qu'il ne réponde pas cette fois-ci. Ils voulaient croire qu'il était infirme, blessé, incapable d'aller jusqu'au téléphone.
Jerry se leva, surpris de sa propre mobilité, et traversa la salle de séjour pour gagner le téléphone.

N'arrête pas de sonner maintenant, dit-il, n'arrête pas. Je veux leur montrer.

— Allô. (En s'efforçant de mettre de la vigueur dans sa voix.)

Silence.

— Je suis là, cria-t-il.

Silence, de nouveau. Puis le rire crapuleux. Et la tonalité.

— Jerry... Ho ! Jerry...
— Hou hou, Jerry-y...

L'appartement que Jerry et son père occupaient était au troisième étage et les voix qui appelaient Jerry l'atteignaient faiblement, au travers des fenêtres closes. Ce caractère lointain leur donnait également un ton spectral, comme une voix sortant d'une tombe. De fait, il ne sut pas tout d'abord s'il s'agissait bien de son nom. Affalé sur la table de la cuisine, se forçant à avaler un bouillon de poule, il avait entendu crier et cru que c'étaient des gamins qui jouaient dans la rue. Puis il avait distinctement entendu :

— Hé ! Jerry...
— Qu'est-ce que tu fais, Jerry ?

– Viens jouer, Jerry.

Ces voix de fantômes lui rappelaient les garçons du voisinage qui venaient l'appeler après souper pour aller jouer, quand il était petit. C'était le bon temps où lui et ses parents habitaient dans la maison avec le grand jardin derrière, et une pelouse devant que son père n'était jamais fatigué de tondre et d'arroser.

– Hé ! Jerry...

Mais cette fois-ci, ce n'étaient pas les voix amicales de l'après-souper, mais celles de la nuit, sarcastiques, importunes et menaçantes.

Jerry alla dans la salle de séjour pour regarder par la fenêtre avec précaution, en faisant attention de ne pas être vu. La rue était vide, à part une ou deux voitures en stationnement. Et les voix reprirent.

– Jerry-y...

– Viens jouer, Jerry...

Parodie de ces invitations d'enfance lointaine.

Observant à nouveau, Jerry vit une étoile filante. Elle fendit l'obscurité et il entendit le bruit mat d'une pierre, rien d'une étoile, heurtant le mur de l'immeuble près de la fenêtre.

– Hou hou, Jerry-y...

Il scruta la rue mais les garçons étaient bien cachés. Puis un faisceau de lumière balaya les arbres et les buissons de l'autre côté de la rue. Un visage blanc apparut dans l'obscurité au moment où la lumière l'atteignit. Le visage disparut presque aussitôt dans la nuit. Jerry reconnut le pas lourd du gardien de l'immeuble qui avait évidemment été attiré par les cris. Sa lampe balayait la rue.

— Qui est là ? cria-t-il. Je vais appeler la police...
— Au revoir, Jerry, cria une voix.
— À bientôt, Jerry.
Et de se fondre dans l'obscurité.

Le téléphone brisa la nuit. Jerry fut tiré de son sommeil par ce bruit soudain. Aussitôt alerté, il regarda l'écran lumineux de son réveil : deux heures trente.

Muscles et os protestant, il se souleva avec peine du matelas et s'appuya sur un coude pour sortir du lit.

La sonnerie persistait, ridiculement forte dans le silence de la nuit. Les pieds de Jerry touchèrent le sol et il se dirigea vers le bruit, à pas feutrés.

Mais son père était déjà au téléphone. Il regarda Jerry qui recula dans l'ombre pour ne pas montrer son visage.

— Des fous en liberté, marmonna son père, debout, la main sur le téléphone. Si on laisse sonner, ça les amuse. Si on répond, ils raccrochent et ça les amuse aussi. Et puis ils recommencent.

La lassitude avait gagné le visage de son père, ses cheveux étaient en désordre et des croissants mauves soulignaient ses yeux.

— Décroche le téléphone, papa.

Son père soupira en acquiesçant.

— C'est leur céder, Jerry. Mais qu'importe. Qui sont-ils, de toute façon ?

Son père souleva le combiné, le porta à son oreille un instant et se tourna vers Jerry.

— La même chose, ce rire de fou et puis la tonalité revient. (Il posa le combiné sur la table.) J'en parlerai à la compagnie ce matin.

Puis, regardant Jerry, il dit :

— Et toi ça va, Jerry ?

— Très bien, je suis très bien, papa.

Son père se frotta les yeux d'un air las.

— Va dormir, Jerry. Un joueur de football a besoin de sommeil.

Il tentait d'avoir l'air enjoué.

— D'accord, papa.

Jerry éprouva soudain de la compassion pour son père. Devait-il lui dire de quoi il s'agissait ? Son père avait cédé, décroché, et c'était une capitulation suffisante. Il ne voulait pas qu'il risque davantage.

À nouveau dans son lit, dans le noir, Jerry força son corps à se relâcher, à se détendre. Au bout de quelques instants, le sommeil l'emporta doucement et calma la douleur.

Mais le téléphone sonna toute la nuit dans ses rêves.

33

– Janza, ne peux-tu rien faire comme il faut ?
– De quoi diable parles-tu donc ? Le temps qu'on en finisse avec lui, il a dû souhaiter vendre un million de boîtes de chocolats.
– Je veux parler de ces gars. Je ne t'avais pas demandé de prendre toute une clique.
– Ça a été un coup de génie. C'est ce que j'ai pensé. Le faire tabasser par une bande de gars. Psychologique… c'est pas ce dont tu parles tout le temps ?
– Où les as-tu trouvés ? Je ne veux pas de gens extérieurs impliqués dans cette affaire.
– Des crapules de mon quartier. Ils assommeraient leur grand-mère pour un dollar.
– Lui as-tu fait le coup de la pédale ?

— Tu avais raison, Archie. T'as eu une idée épatante. Ça l'a vraiment désarçonné. Eh, Archie, c'est pas une pédale, hein?

— Bien sûr que non. C'est pourquoi il a explosé. Si tu veux énerver un type, accuse-le d'être ce qu'il n'est pas. Sinon, tu ne fais que lui dire ce qu'il sait déjà.

Le silence au bout du fil indiqua qu'Émile appréciait le génie d'Archie.

— Qu'est-ce qu'on fait maintenant, Archie?

— Attends que ça se calme, Émile. Je veux te garder en réserve. Nous avons autre chose à faire en ce moment.

— Je commençais juste à m'amuser.

— Tu auras d'autres occasions, Émile.

— Eh, Archie.

— Oui, Émile.

— Et pour la photo?

— Et si je te disais qu'il n'y avait pas de photo, Émile? Qu'il n'y avait pas de pellicule dans l'appareil, ce jour-là…

Quel type, cet Archie! Plein de surprises! Mais plaisantait-il ou disait-il la vérité?

— Je ne sais pas, Archie.

– Émile, fais-moi confiance. Tout le temps. Et tu ne pourras pas te tromper. Nous avons besoin de types comme toi.

Émile se rengorgea. Archie parlait-il des Vigiles ? Et n'y avait-il vraiment pas de photographie finalement ?

– Tu peux compter sur moi, Archie.
– Je le sais, Émile.

Mais après avoir raccroché, Émile pensa : quel salaud, cet Archie !

34

Soudain, il fut invisible, sans corps, sans structure, fantôme transparent glissant dans le temps. Il avait fait cette découverte dans le bus en allant à l'école. Les yeux évitaient les siens. Regardaient ailleurs. Les gars prenaient le large. L'ignoraient comme s'il n'était pas là. Et il comprit qu'il n'existait effectivement pas pour eux. C'était comme s'il avait eu une maladie terrible et qu'ils craignaient la contagion. Ils le rendaient donc invisible et l'éliminaient de leur existence. Il restait assis seul pendant tout le trajet, sa joue blessée appuyée contre la vitre fraîche.

Le froid du matin le fit se hâter vers la porte de l'école. Il vit Tony Santucci. Machinalement, Jerry lui fit bonjour d'un signe de tête. Le visage de Tony était habituellement un miroir qui renvoyait tout ce qu'il rencontrait – un sourire contre un sourire, une grimace contre une grimace. Mais là, il fixa les yeux sur Jerry. Sans le voir. Il ne le regardait pas, c'était comme si Jerry avait été une fenêtre, une porte. Et puis, Tony Santucci disparut et entra dans l'école.

Le parcours de Jerry dans le couloir fut comme la traversée de la mer Rouge. Personne ne le touchait. Les gars s'écartaient, cédaient le passage comme s'ils réagissaient à quelque signal secret. Jerry avait l'impression de traverser un mur sans dommage.

Il ouvrit son casier – le désordre avait disparu. On avait ôté l'affiche profanée et nettoyé le fond. On avait enlevé les chaussures de sport. Le casier avait l'air vide, inoccupé. Il pensa : peut-être que je devrais me regarder dans une glace pour voir si je suis toujours là. Mais il était là et bien là. Sa joue lui faisait toujours mal. Les yeux perdus dans la contemplation de son casier semblable à un cercueil dressé, il eut l'impression qu'on essayait de l'éliminer, d'ôter toute trace de son existence, de sa présence à l'école. Ou bien devenait-il paranoïaque ?

Dans les classes, les professeurs semblaient aussi prendre part à cette conspiration. Leurs regards glissaient sur lui et se dirigeaient ailleurs quand il essayait d'attirer leur attention. Une fois, il agita énergiquement la main pour répondre à une question, mais le professeur l'ignora. Et pourtant, c'était difficile à dire pour les professeurs – ils étaient mystérieux, ils pouvaient sentir quand il se passait quelque chose d'inhabituel. Comme ce jour-là. Les gars mettent Renault en quarantaine, alors faisons pareil.

Se résignant à la quarantaine, Jerry laissa passer la journée. Au bout d'un moment, il commença à apprécier son invisibilité. Il pouvait se détendre. Il n'avait plus besoin d'être sur ses gardes ou de craindre une attaque. Il était fatigué d'avoir peur, fatigué d'être intimidé.

Entre les cours, Jerry chercha Cacahuète mais ne le trouva pas. Cacahuète aurait rétabli la réalité, restitué de nouveau Jerry dans le monde. Mais Cacahuète était absent et Jerry pensa que c'était tout aussi bien. Il ne voulait pas que quelqu'un d'autre soit impliqué dans ses ennuis. C'était déjà bien assez avec son père et les appels téléphoniques. Il pensa à son père près du téléphone, la nuit précédente, obsédé par la sonnerie persistante, et il pensa : j'aurais dû vendre les chocolats, après tout. Il ne voulait pas que l'univers de son père soit bouleversé et il voulait que le sien redevienne normal.

Après le dernier cours de la matinée, Jerry, marchant librement dans le couloir, se dirigea vers la cafétéria mêlé à la foule, profitant de son absence d'identité. Alors qu'il approchait de l'escalier, il sentit qu'on le poussait par-derrière et, perdant l'équilibre, il tomba en avant. Dans sa chute, il vit les marches s'incliner dangereusement devant lui. Cependant, il réussit à s'agripper à la rampe. Il se retint, appuyé contre le mur. Tandis que le flot des gars passait, il entendit quelqu'un ricaner et un autre siffler.

Il comprit qu'il n'était plus invisible.

Frère Léon entra dans le bureau au moment où Brian Cochran finissait sa dernière récapitulation. Le tout dernier total. Il regarda le professeur, ravi de son arrivée à point nommé.

— Frère Léon, tout est terminé, annonça triomphalement Brian.

Le professeur cilla vivement, le visage comme une caisse enregistreuse qui ne fonctionne pas.

— Terminé ?

— La vente. (Brian fit claquer la feuille sur la table.) Finie. Achevée.

Brian observait l'effet produit. Léon respira profondément en s'asseyant dans son fauteuil. Pendant quelques instants, Brian vit le soulagement peint sur le visage du professeur, comme si on lui avait ôté un énorme fardeau. Mais ce ne fut qu'un bref éclair. Il regarda Brian avec méfiance.

— Es-tu sûr ? demanda-t-il.

— Certain. Et écoutez, Frère Léon. L'argent... c'est étonnant. Quatre-vingt-dix-huit pour cent ont été rapportés.

Léon se leva.

— Vérifions les chiffres, dit-il.

La colère monta en Brian. Le professeur ne pouvait-il pas laisser un peu tomber ? Ne pouvait-il pas dire « bon travail » ou « Dieu merci » ou quelque chose ? Au lieu de « vérifions les chiffres ».

L'haleine rance de Léon — ne mangeait-il jamais autre chose que du bacon, pour l'amour de Dieu ? — remplit l'air quand il vint se mettre derrière Brian, pour regarder les résultats.

— Il n'y a qu'une seule chose, dit Brian, hésitant à en parler.

Léon vit le doute du garçon.

— Qu'y a-t-il ? demanda-t-il, plus irrité que curieux, comme s'il prévoyait une erreur de la part de Brian.

— C'est le « première année », Frère Léon.

— Renault ? Qu'est-ce qu'il a ?

— Eh bien, il n'a toujours pas vendu de chocolats. Et c'est bizarre, très bizarre.

— Qu'y a-t-il de si bizarre, Cochran ? Ce garçon est de toute évidence un inadapté. Il a essayé avec ses petits moyens inefficaces de perturber la vente et il a réussi à provoquer le contraire. L'école s'est alliée contre lui.

— Mais c'est quand même bizarre. Notre total de ventes arrive exactement à dix-neuf mille neuf cent cinquante boîtes. Pile. Et c'est pratiquement impossible. Je veux dire qu'il y a toujours un peu de gaspillage, des boîtes perdues ou volées. C'est impossible de compter sur toutes les boîtes. Mais là, ça tombe en plein dans le mille. Avec exactement cinquante boîtes en moins — celles de Renault.

— Si Renault ne les a pas vendues, évidemment qu'elles ne le sont pas ! Et c'est pourquoi il en manque cinquante, dit Léon, d'une voix lente et raisonnable, comme si Brian avait cinq ans.

Brian se rendit compte que Frère Léon ne voulait pas voir la vérité. Il ne s'intéressait qu'aux résultats de la vente, à savoir que ses dix-neuf mille neuf cent cinquante boîtes du départ avaient été vendues et qu'il était débarrassé. Il serait sans doute promu et deviendrait directeur. Brian était content de ne plus être là l'année suivante, surtout si Léon devenait directeur en titre.

— Tu vois ce qui est important ici, Cochran ? demanda Léon en prenant le ton qu'il avait en classe. L'esprit de l'école. Nous avons réfuté une loi de la nature — une pomme pourrie ne gâte pas tout le tonneau. Pas si nous avons de la volonté, une cause noble, un esprit de fraternité...

Brian soupira en regardant ses doigts, et n'écouta plus Léon ; il laissa les mots incohérents tomber dans ses oreilles. Il pensait à Renault, ce gars étrange et têtu. Léon avait-il raison, après tout ? L'école était-elle plus importante que n'importe quel élève ? Mais les individus n'étaient-ils pas importants aussi ? Il pensait à Renault seul contre l'école, les Vigiles, tout le monde.

Ah, et puis la barbe, pensa Brian, tandis que la voix de Léon bourdonnait d'une manière papelarde. La vente était terminée, et son boulot de trésorier aussi. Il ne serait plus concerné par Léon, Archie ou même Renault. Dieu merci pour cette petite faveur.

— Tu as fait mettre les cinquante boîtes de côté, Obie ?

— Oui, Archie.

— Parfait.

— De quoi s'agit-il, Archie ?

— Nous allons faire une réunion, Obie. Demain soir. Une réunion spéciale. Pour parler de la vente de chocolats. Au terrain de sport.

— Pourquoi au terrain de sport, Archie ? Pourquoi pas dans l'école ?

— Parce que cette réunion est uniquement pour les élèves, Obie. Les frères ne sont pas concernés. Mais autrement tout le monde sera là.

— Tout le monde ?

— Tout le monde.

— Renault ?

— Il sera là, Obie, il sera là.

— Tu es vraiment quelqu'un, Archie, tu sais ?

— Je sais, Obie.

— Pardonne-moi de te demander ça, Archie...

— Vas-y, Obie.

— Pourquoi veux-tu que Renault y soit ?

— Pour lui donner une chance. Une chance de se débarrasser de ses chocolats, mon vieux.

— Je ne suis pas ton vieux, Archie.

— Je sais, Obie.

— Et comment Renault va-t-il se débarrasser de ses chocolats, Archie ?

— Grâce à une loterie.

— Une loterie ?

— Une loterie, Obie.

35

Une loterie, nom de nom.

Mais quelle loterie !

Une loterie comme aucune autre dans l'histoire de Trinity, ni dans celle d'une autre école.

Archie, l'architecte de l'événement, en surveillait le déroulement – le stade qui se remplissait, les gars qui entraient sans arrêt, les bouts de papier qui se vendaient et passaient de main en main, les lumières qui chassaient un peu la fraîcheur de la soirée automnale. Il se tenait près de la scène improvisée que Carter et les Vigiles avaient montée l'après-midi sous sa direction – un vieux ring de boxe exhumé des entrailles du stade et remis dans son état d'origine, à part l'absence de cordes. L'estrade était juste contre la ligne des cinquante mètres, près des tribunes, ainsi chacun verrait très bien et ne manquerait rien du spectacle. C'était ça, Archie : leur en donner pour leur argent.

Le terrain de sport était au moins à quatre cents mètres de l'école et de la résidence où vivaient les frères. Mais Archie n'avait pris aucun risque. Il avait déguisé l'événement en rencontre de football, strictement pour les élèves, afin d'éviter l'inhibition créée par la présence des professeurs. Ils s'étaient débrouillés pour que Caroni, ce gars au visage doux, demande la permission – Caroni qui ressemblait à un enfant de chœur. Quel professeur pourrait la lui refuser ? Et maintenant le moment approchait, les gars arrivaient, l'air était froid, l'excitation faisait trembler la foule – et Renault et Janza, là sur le ring, qui se regardaient, mal à l'aise.

Archie était toujours émerveillé devant des choses comme celle-là, des choses qu'il avait organisées et arrangées. Par exemple, tous ces gars-là, ce soir, feraient autre chose si Archie n'avait pas modifié le cours de leurs actes. Et ça ne lui avait rien demandé d'autre qu'un peu d'imagination et deux appels téléphoniques.

Le premier appel avait été pour Renault, le second pour Janza. Or, pour Janza, ce n'avait été que simple routine. Archie savait qu'il pouvait modeler les actes de Janza comme il pouvait modeler de l'argile. Mais pour Renault, cela avait requis des actes précis, de l'ingéniosité et un peu du talent d'Archie. Du Shakespeare, s'était dit Archie en ricanant.

Le téléphone avait dû sonner, oh, cinquante fois, et Archie n'en avait pas voulu au gars de ne pas s'être précipité sur le combiné. Mais la ténacité avait payé et finalement Renault avait été en ligne, le allô calme, la voix tranquille mais avec quelque chose d'autre, quelque chose d'autre. Archie avait détecté une autre qualité dans la voix – une détermination terriblement calme. Magnifique. Le gars était prêt. Archie avait joui de son triomphe. Le gars voulait venir se battre. Il voulait passer aux actes.

— Tu veux te venger, Renault ? dit Archie pour le piquer. Rendre les coups ? Prendre ta revanche ? Leur montrer ce que tu penses de leurs sacrés chocolats ?

— Comment je fais ?

Le ton était contenu mais intéressé. Vraiment intéressé.

— Facile, facile, répondit Archie, si tu n'es pas un dégonflé, bien sûr.

Piquer, toujours piquer.

Renault se taisait.

— Il y a un gars qui s'appelle Janza. C'est vraiment une ordure, sans la moindre distinction. Il n'est pas très différent d'un animal. Et on dit qu'il a eu besoin que tout un groupe de gars l'aide pour avoir raison de toi. J'imagine donc qu'il faudrait remettre les choses en place. Lors d'une rencontre au terrain de sport. Des gants de boxe. Tout fait selon les règles. Voici une façon de te venger de tous, Renault.

— De toi aussi, Archie ?

— Moi ? (Voix innocente et douce.) Diable, pourquoi moi ? Je ne faisais que mon travail. Je t'ai donné une tâche : ne vends pas les chocolats, et ensuite je t'en ai donné une autre : vends-les. Tu as fait le reste. Je ne t'ai pas tabassé. Je ne crois pas à la violence. Mais tu as mis le feu aux poudres...

Silence à nouveau sur la ligne. Archie insista en adoucissant sa voix, enjôleur, persuasif.

— Écoute, je te donne ce choix parce que je crois au franc jeu. Voici une occasion de tout terminer et de passer à autre chose. Dieu, il y a mieux dans la vie qu'une pauvre vente de chocolats. Toi et Janza seuls sur le ring, face à face en toute équité. Et voilà, fini, réglé, on n'en parle plus. Je le garantis. Archie le garantit.

Et le gars avait mordu, hameçon, ligne et plombs, bien que la conversation ait flotté un instant. Archie avait été patient. La patience payait toujours. Et il avait gagné, bien sûr.

À présent, il contemplait son œuvre : les bancs remplis, les allées et venues au fur et à mesure que les billets de loterie se vendaient et qu'on y inscrivait des directives. Archie exultait en silence. Il avait réussi à posséder Renault et Léon et les Vigiles et toute cette foutue école. Je peux posséder n'importe qui. Je suis Archie.

Fais comme si tu étais un projecteur, se dit Obie, un projecteur qui éclaire tout, en s'arrêtant ici et là et en s'attardant ailleurs, qui choisit les grands moments de cette occasion mémorable. Parce que, on peut l'admettre, c'est un événement important, et Archie, ce salaud, ce très subtil salaud, a encore réussi. Regarde-le, là-bas, près du ring, contempler tout ça comme s'il était le roi. Et il l'est, bien sûr. Il a fait venir Renault, pâle et tendu comme s'il était devant le peloton d'exécution, et Janza, la bête, l'animal enchaîné qui attend de pouvoir bondir.

Obie, le projecteur, se concentra sur Renault. Pauvre idiot de gars fichu ! Il ne peut gagner et ne le sait pas. Pas avec Archie. Archie qui avait frôlé la défaite – quelle grande scène, cette dernière réunion des Vigiles où il avait été humilié – mais maintenant il était revenu au sommet, tous les chocolats vendus, le maître derechef, toute l'école sous sa coupe. Tout cela prouve que les humbles n'héritent pas de la terre. Pas très original. Archie a dû dire ça à un moment ou à un autre.

Ne bouge pas. Pas un muscle. Attends seulement. Attends un peu, attends de voir.
La jambe gauche de Jerry s'était engourdie.
Comment ta jambe gauche peut-elle s'engourdir alors que tu es debout ?
Je ne sais pas. Mais c'est ainsi.
Les nerfs peut-être. La tension.
En tout cas, des petites épingles lui piquaient les jambes et il devait lutter pour ne pas bouger. Il n'osait pas bouger, craignant de s'effondrer.
Il savait maintenant que cela avait été une erreur de venir, qu'Archie l'avait trompé, dupé. Pendant

quelques instants, tandis que la voix d'Archie murmurait des mots séduisants de douce vengeance, proposant le combat comme moyen de mettre un terme à tout, Jerry avait réellement cru que c'était possible, possible de battre Janza et l'école, et même Archie. Il avait pensé à son père et à cet air vaincu qu'il avait eu au téléphone l'autre nuit quand finalement il avait cédé en laissant le récepteur sur la table. Je ne céderai pas, avait juré Jerry en écoutant les provocations d'Archie. Il brûlait aussi de l'envie d'affronter Janza. Janza qui l'avait traité de tapette.

Ainsi, il avait accepté de rencontrer Janza lors d'un combat et déjà Archie l'avait trompé. Il avait trompé Janza également. Il avait permis qu'on les emmène sur l'estrade, nus jusqu'à la ceinture, un peu tremblants dans l'air du soir, et qu'on leur donne des gants de boxe. Et puis Archie, les yeux étincelants de triomphe et de malice, avait expliqué le règlement. Quel règlement !

Jerry avait été sur le point de protester mais Janza avait ouvert la bouche.

– Je suis d'accord. Je peux battre ce gars comme tu veux.

Et Jerry avait compris avec effroi qu'Archie avait compté sur la réaction de Janza et sur les gars qui faisaient la queue pour entrer dans le stade. Archie savait que Jerry ne pourrait plus alors revenir en arrière – qu'il serait allé trop loin. Archie avait posé un des ses sourires douceâtres sur Jerry.

– Qu'en dis-tu Renault ? Acceptes-tu le règlement ?

Que pouvait-il dire ? Après les coups de fil et le tabassage. Après la profanation de son casier. L'épreuve du silence. La projection dans l'escalier. Ce qu'ils avaient fait à Cacahuète, à Frère Eugène. Ce que des gars comme Archie et Janza faisaient à l'école. Ce qu'ils feraient au monde quand ils quitteraient Trinity.

Cela renforça Jerry dans sa décision. Au moins, c'était une occasion pour lui de rendre les coups, de riposter. Malgré les injustices, Archie avait mis sa loterie en place.

– D'accord, avait dit Jerry.

Or, là, debout, une jambe à moitié engourdie, la nausée le menaçant, la nuit lui glaçant la peau, Jerry se demandait s'il n'avait pas perdu dès l'instant où il avait dit *d'accord*.

Les billets de tombola se vendaient comme des photos pornos.

Brian Cochran était surpris mais il n'aurait pas dû – il était habitué à cela avec Archie Costello – à commencer par la vente des chocolats. Et cela maintenant, cette loterie loufoque. Jamais rien eu de tel à Trinity. Ni ailleurs. Et il devait admettre qu'il s'amusait un peu, même s'il avait protesté cet après-midi quand Archie s'était approché pour lui demander de s'occuper de la loterie. « Tu as été parfait pour les chocolats », avait dit Archie. Le compliment avait fait fondre l'opposition de Brian. En outre, il avait très peur d'Archie et des Vigiles. Sauver sa peau, c'était la seule foi de Brian.

Il avait été assailli de doutes une autre fois, quand Archie lui avait expliqué comment se dérouleraient le combat et la loterie. Comment vas-tu faire pour que Renault et Janza acceptent ? C'est ce que Brian voulait savoir. Facile, lui assura Archie. Renault veut sa revanche et Janza est une brute. Et ils ne peuvent pas reculer devant toute l'école. Puis la voix d'Archie était redevenue glaciale et Brian s'était recroquevillé intérieurement. « Tu ne t'occupes que de ton boulot, Cochran, vendre les billets. Et tu me laisses les détails. » Ainsi, Cochran avait choisi un groupe de gars pour faire la vente. Archie avait donc eu raison, bien sûr, puisqu'ils étaient là sur l'estrade, Renault et Janza, et que les billets se vendaient comme s'il n'y avait pas eu de lendemain.

Émile Janza en avait assez d'être traité comme un sale type. C'est ce qu'Archie faisait. « Eh, animal », disait Archie. Émile n'était pas un animal. Il avait des sentiments comme tout le monde. Comme le gars dans le truc de Shakespeare, en anglais : « Coupe-moi, est-ce que je ne saigne pas ? » D'accord, il aimait bien faire un peu marcher les autres, les faire suer. C'était humain, n'est-ce pas ? Il fallait tout le temps se protéger. Avoir les autres avant qu'ils ne vous aient. Les laisser dans l'expectative et leur flanquer la frousse. Comme Archie avec sa photo pourrie qui n'existait même pas. Archie l'avait convaincu qu'il n'y en avait finalement pas. Comment pourrait-il y avoir une photo, Émile ? avait raisonné Archie. Rappelle-toi comme c'était sombre dans les W.-C. ce jour-là. Et je n'avais pas de flash. Et il n'y avait pas de pellicule dans l'appareil. Et même s'il y en avait eu une, je n'avais pas le temps de mettre au point. La vérité avait soulagé Émile et, en même temps, l'avait rendu fou furieux. Mais Archie avait fait remarquer qu'Émile devait se fâcher contre des gens comme Renault.

Diable, Émile, ce sont des types comme Renault qui sont tes ennemis, pas des gars comme moi. Ce sont des ringards, Émile, ceux qui nous font marcher, qui mènent le jeu, qui font les lois. Puis Archie avait atteint le summum, donné le coup de gong : d'ailleurs, les gars se mettent à parler de la façon dont Renault a été tabassé, disent que tu as eu besoin qu'on t'aide, incapable de le faire seul...

Émile regardait Renault en face de lui. Il désirait se battre. S'affirmer devant toute l'école. La barbe avec ces conneries psychologiques qu'Archie lui avait fait utiliser – en disant à Renault qu'il était une tapette. Il aurait dû utiliser ses poings, pas sa bouche.

Il était impatient de commencer. Vaincre Renault devant tous, peu importe ce qui était écrit sur les billets de la tombola.

Et dans un coin de sa pensée, il y avait toujours le doute qui rôdait – Archie avait-il quand même cette photo de lui dans les W.-C. ?

36

Ces billets de loterie.

Oh ! là là ! Terrible !

Archie n'en avait pas encore vu un de rempli et il arrêta l'un des vendeurs recrutés par Brian Cochran.

– Voyons ! dit Archie, en tendant la main.

Le gars fut rapide à s'exécuter, et Archie fut content de sa soumission. Je suis Archie. Mon désir est un ordre.

Au milieu des spectateurs agités et bruyants, Archie regarda le papier. Dessus étaient écrits les mots suivants :

Janza
Un direct du droit dans la mâchoire
Jimmy Demers

Voilà la beauté de cette loterie, simple, étonnante, le genre de tour inattendu qui faisait la renommée d'Archie Costello, car on était toujours sûr qu'Archie pouvait se surpasser. D'un seul coup, Archie avait forcé Renault à se montrer, à s'impliquer dans la vente des chocolats et l'avait mis aussi à la merci de l'école et des élèves. Les combattants sur l'estrade n'auraient aucune volonté propre. Il faudrait qu'ils se battent comme les spectateurs l'exigeaient. Tous ceux qui avaient acheté un billet – et qui aurait refusé ? – avaient l'occasion d'être impliqués dans ce combat, et d'observer deux types se battre à une distance suffisante, sans danger de recevoir des coups. La difficulté avait été d'amener Renault ici, ce soir. Une fois sur l'estrade, Archie savait qu'il ne pouvait pas refuser de continuer, même en entendant parler des billets. Et c'est ainsi que ça s'était déroulé. Magnifique.

Carter s'approcha.

— Ils se vendent pour de bon, Archie, dit-il.

Carter appréciait l'idée du combat. Il adorait la boxe. Il avait d'ailleurs acheté deux billets et s'était bien amusé à chercher quels coups demander. Il s'était finalement décidé pour un crochet du droit dans la mâchoire et un uppercut. Au dernier moment, il avait failli assigner les coups à Renault — pour donner une chance au gars. Mais Obie était près de lui, Obie qui met toujours son nez dans les affaires des autres. Alors Carter avait inscrit le nom de Janza. Janza la bête, toujours prête à sauter si Archie lui disait de sauter.

— Une soirée qui s'annonce belle, dit alors Archie d'un air suffisant, attitude prétentieuse que Carter détestait. Tu vois, Carter, je te l'avais dit que tu paniquais pour rien.

— Je ne sais pas comment tu fais, Archie, fut forcé d'admettre Carter.

— Simple, Carter, simple.

Archie se délecta de l'instant, ravi par l'admiration de Carter, Carter qui l'avait humilié à la réunion des Vigiles. Un jour, il se vengerait de Carter, mais pour l'instant il lui suffisait de le voir admiratif et envieux.

— Tu vois, Carter, les gens sont à la fois avides et cruels. Nous en avons un exemple parfait ici. Le côté avide : un gars paie un dollar pour une chance d'en gagner cent. Plus cinquante boîtes de chocolats. Le côté cruel : rester en sécurité dans les tribunes à regarder deux types qui se cognent et risquent de se faire du mal. C'est pourquoi ça marche, Carter, parce que nous sommes tous des salauds.

Carter cacha son écœurement. Archie le dégoûtait pour plusieurs raisons, mais surtout parce que avec lui on se sentait sale, contaminé, pollué. Comme s'il n'y avait aucune bonté dans le monde. Et cependant Carter devait admettre qu'il se réjouissait à l'avance de ce combat, que lui-même avait acheté non pas un, mais deux billets. Est-ce que ça le rendait semblable aux autres – avide et cruel, comme disait Archie ? La question le surprit. Diable, il s'était toujours cru du bon côté. Il avait souvent utilisé sa situation de président des Vigiles pour surveiller Archie, pour l'empêcher d'aller trop loin dans les tâches. Mais cela faisait-il de lui un gars bien ? La question le tracassa. Voilà ce qu'il détestait chez Archie. Il vous culpabilisait tout le temps. Bon Dieu, le monde ne pouvait pas être aussi mauvais qu'Archie le disait. Mais en entendant les cris des gars dans les tribunes, impatients de voir le combat commencer, Carter s'interrogea.

Archie regarda Carter s'éloigner l'air inquiet et perplexe. Génial ! Brûlant de jalousie. Qui ne serait pas jaloux de quelqu'un comme Archie qui gardait toujours l'avantage ?

Cochran annonça :

— Tout est vendu, Archie.

Archie acquiesça, jouant au héros silencieux.

C'était le moment.

Archie leva la tête vers les tribunes et ce fut comme une sorte de signal. Une onde traversa la foule, une accélération du rythme, un grand suspense. Tous les yeux convergèrent vers l'estrade où Renault et Janza se tenaient dans deux coins opposés.

Devant l'estrade, il y avait une pyramide de chocolats — les cinquante dernières boîtes. Les lumières du stade éclairaient fort.

Carter, marteau en main, s'avança au centre de l'estrade. Il n'y avait rien sur quoi frapper, aussi garda-t-il le marteau en l'air.

Les spectateurs applaudirent, crièrent d'impatience, sifflèrent.

— Allons-y, hurla quelqu'un.

Carter réclama le silence par gestes.

Mais le silence était déjà revenu.

Archie, s'avançant vers l'estrade pour mieux voir, retint sa respiration, comme s'il savourait à petites gorgées la douceur incomparable de cet événement. Mais il souffla de surprise et s'arrêta quand il vit Obie arriver sur l'estrade avec la boîte noire.

Obie sourit malicieusement en constantant la surprise d'Archie, qui restait bouche bée d'étonnement. Personne n'avait jamais autant surpris le grand Archie, et le moment de triomphe d'Obie fut une belle chose. Il fit un signe d'acquiescement à Carter qui allait chercher Archie.

Carter avait été dubitatif sur l'emploi de la boîte noire et il avait fait remarquer que ce n'était pas une réunion des Vigiles. Comment pouvons-nous faire choisir une bille à Archie ?

Obie avait eu la bonne réponse, dans le même genre que ce qu'Archie lui-même aurait dit. « Parce qu'il y a quatre cents gars devant qui réclament du sang. Le sang de qui, ils s'en moquent. Tout le monde à l'école connaît la boîte noire. Comment Archie peut-il reculer ? »

Carter avait fait remarquer qu'il n'y avait aucune garantie qu'Archie tire la bille noire. La noire, ça voulait dire qu'il devrait prendre la place de l'un des combattants. Mais il y avait cinq billes blanches et une seule noire dans la boîte. La chance d'Archie l'avait soutenu tout au long de sa carrière de donneur de tâches – il n'avait jamais tiré la noire.

— La loi des probabilités, avait dit Obie à Carter. Il va devoir en tirer deux – une pour Renault, l'autre pour Janza.

Carter avait regardé Obie fixement.

— Nous ne pourrions pas... ?

Sa phrase s'acheva en interrogation.

— Nous ne pouvons pas tricher, pas moyen. Où pourrais-je trouver six billes noires, nom de nom ? De toute façon, Archie est trop malin – nous ne pourrions pas l'avoir. Mais nous pouvons lui flanquer une bonne trouille. Et qui sait ? Peut-être que sa chance a tourné.

Accord, donc. Obie apparaîtrait avec la boîte noire juste avant le tirage au sort et le début du combat. Et c'est exactement ce qu'il était en train de faire, se dirigeant vers le centre de l'estrade tandis que Carter allait chercher Archie.

— Les gars, vous êtes vraiment quelque chose, hein ? dit Archie en se dégageant de la poigne de

Carter. Je peux y aller seul, Carter. Et je repartirai de la même façon.

La rage d'Archie formait une boule dure et froide dans sa poitrine, mais il feignait la décontraction. Comme d'habitude. Il avait l'impression que rien ne pouvait aller de travers. Je suis Archie.

L'apparition de la boîte noire stupéfia l'assistance et la rendit encore plus silencieuse. Seuls les membres des Vigiles et leurs victimes l'avaient déjà vue. À la lumière crue du stade, elle se révéla une petite boîte en bois bien défraîchie, qui avait dû être un coffret à bijoux mis au rancart. Et pourtant c'était une légende à l'école. Pour les victimes potentielles, c'était une délivrance possible, une protection, une arme à utiliser contre la puissance des Vigiles. D'autres doutaient de son existence. Archie Costello ne permettrait jamais cela. Mais cette fois, elle était là, cette boîte noire. Bien en vue. Devant toute cette putain d'école. Et Archie Costello, qui la regardait, tendit la main pour tirer la bille.

La cérémonie ne prit qu'une minute ou deux, parce que Archie tenait à faire vite avant qu'on sache ce qui se passait. Moins c'est dramatique, mieux c'est. Ne laisse pas Obie et Carter en faire tout un plat. Ainsi, avant qu'ils aient le temps de dire ouf, Archie avait sorti la main avec une bille. Blanche. Obie en resta bouche bée. Les choses allaient trop vite. Il aurait voulu qu'Archie soit au supplice, il aurait voulu que les spectateurs se rendent compte de ce qui se passait. Il aurait voulu prolonger la cérémonie, en tirer autant d'effet et de suspense que possible.

La main d'Archie plongea encore et il était trop tard pour qu'Obie l'en empêche. Il retint sa respiration.

La bille était cachée dans le poing fermé d'Archie qui tendit la main vers l'assemblée. Archie se tenait très droit. La bille devait être blanche. Il n'était pas arrivé jusque-là pour être démenti au dernier moment. Il laissa flotter un sourire sur ses lèvres en regardant les spectateurs, jouant le tout pour le tout avec une confiance évidente.

Il ouvrit la main et montra la bille à tous.

Blanche.

37

Cacahuète arriva au dernier moment et se fraya un passage à travers la foule jusqu'au haut des tribunes. Il avait hésité à venir. Il avait laissé tomber l'école et ses cruautés et n'avait pas voulu être témoin des humiliations quotidiennes subies par Jerry. L'école lui rappelait aussi ses propres trahisons et lâchetés. Pendant trois jours, il était resté chez lui, couché. Malade. Il ne savait pas vraiment s'il avait été réellement malade ou si sa conscience s'était révoltée en infectant son corps et en le laissant faible et nauséeux. En tout cas, le lit était devenu son refuge, un lieu sûr, sans personne, sans les Vigiles, sans Frère Léon, un monde sans chocolats à vendre, sans classes à détruire, sans personne à détruire. Mais un des gars l'avait appelé et lui avait parlé du combat entre Jerry et Janza. Et de la façon dont les billets de tombola dirigeraient le combat. Cacahuète avait protesté plaintivement. Le lit était devenu insupportable. Il s'était retourné toute la journée dans son lit comme un animal cherchant le sommeil, l'oubli. Il ne voulait pas aller voir le combat – Jerry n'avait aucune chance de gagner. Mais il ne pouvait pas non plus rester au lit. Finalement, désespéré, il s'était levé et habillé précipitamment, ignorant les protestations de ses parents. Il avait pris le bus pour traverser la ville et fait à pied les huit cents mètres jusqu'au stade. Maintenant, blotti à une place, il regardait l'estrade en contrebas et écoutait Carter expliquer les règles de ce combat idiot. Terrible.

– ... et le gars dont le coup marqué termine le combat, soit par K.-O., soit par abandon, reçoit le prix... »

Mais la foule était impatiente que ça commence.

Cacahuète regarda autour de lui. Ces gars dans les tribunes, il les connaissait, c'étaient des copains de classe, mais soudain ils étaient devenus des étrangers. Ils scrutaient fiévreusement l'estrade. Certains hurlaient : « Tue-le ! Tue-le ! » Cacahuète frissonna dans la nuit.

Carter s'avança au milieu de l'estrade où Obie tenait une boîte en carton. Carter y plongea la main et en retira un morceau de papier.

— John Tussier, cria-t-il. « Il a écrit le nom de Renault.

Des murmures de déception, quelques huées ici et là.

— Il veut que Renault frappe Janza du droit à la mâchoire.

Le silence s'établit. Le moment de vérité. Renault et Janza se faisaient face à un mètre l'un de l'autre. Ils se tenaient dans la pose traditionnelle des boxeurs, les poings levés, prêts à se battre, mais c'était une parodie pathétique des boxeurs professionnels. Puis Janza suivit le règlement. Il baissa les bras, prêt à recevoir le coup de Jerry sans résistance.

Jerry rentra la tête dans les épaules, leva le poing. Il attendait cet instant depuis qu'Archie l'avait provoqué au téléphone. Mais il hésitait à présent. Comment pouvait-il frapper quelqu'un de sang-froid, même une bête comme Janza ? Je ne suis pas boxeur, protesta-t-il intérieurement. Alors, pense à la façon dont Janza t'a fait rosser par ces types, l'autre fois.

La foule trépignait.

— De l'action, de l'action, cria quelqu'un.

Et le cri fut repris par d'autres.

— Qu'y a-t-il, tapette ? se gaussa Janza. Peur de faire mal à ta petite main en frappant le grand costaud d'Émile ?

Jerry envoya son poing dans la mâchoire de Janza, mais il l'avait balancé trop rapidement, sans viser suffisamment. Le coup manqua presque son but et ne fit que frotter la mâchoire de Janza sans effet. Janza sourit.

Des huées remplirent les airs.

— Chiqué, cria quelqu'un.

Carter fit signe à Obie pour qu'il rapporte vite la boîte. Il sentait l'impatience de la foule. Ils avaient payé et ils voulaient de l'action. Il espérait que ce serait le nom de Janza cette fois. Ce le fut. Un gars appelé Marty Heller avait demandé à Janza de frapper Renault d'un uppercut droit à la mâchoire. Carter cria l'ordre.

Jerry se planta comme un arbre.

Janza était prêt, insulté par les cris de *Chiqué !* Tout simplement parce que Renault était un dégonflé. Je ne suis pas un dégonflé, je vais leur montrer. Il devait prouver que c'était une vraie lutte. Si Renault ne voulait pas se battre, lui, au moins, Émile Janza, se battrait.

Il frappa Jerry de toute la force qu'il put rassembler, la puissance du coup venant des pieds, en passant par les jambes, les cuisses et le long du corps pour aboutir à son bras comme une pulsion primitive et exploser dans son poing.

Jerry s'était préparé au coup, mais il fut surpris par sa sauvagerie et sa méchanceté. La planète entière fut ébranlée quelques instants, le stade vacilla et les lumières dansèrent. La douleur dans son cou était atroce — sa tête avait valsé en arrière sous l'impact du poing de Janza. Bien que chancelant, il s'efforça de rester debout et il réussit on ne sait comment à ne pas tomber. Sa mâchoire le brûlait, il avait un goût âcre dans la bouche. Du sang, peut-être. Mais il serra les lèvres. Il secoua la tête rapidement pour éclaircir sa vision et refit surface.

Avant qu'il ait pu se ressaisir complètement, Carter cria : «Janza, droit dans l'estomac», et Janza le frappa sans prévenir d'un coup brutal et sec qui manqua l'estomac de Jerry mais toucha sa poitrine. Il eut la respiration coupée, comme au football, et puis elle revint. Mais le coup n'avait pas eu la force de l'uppercut. Il se reprit, les poings levés, attendant les instructions suivantes. Il entendait vaguement la foule acclamer et huer à la fois, mais il se concentra sur Janza qui se tenait devant lui avec ce sourire idiot.

Le billet de tombola suivant donnait une chance à Jerry de rendre les coups à Janza. Un gars dont Jerry n'avait jamais entendu parler — Arthur Robilard — réclamait un crochet du droit. Jerry n'avait qu'une vague idée de ce que c'était, mais à présent il voulait frapper Janza, se venger de ce premier coup vicieux. Il leva le bras droit. Il sentit la bile dans sa bouche. Il laissa partir son bras. Le gant frappa Janza en plein visage et Janza recula en chancelant. Le résultat surprit Jerry. Il n'avait jamais frappé quiconque ainsi, avec furie et préméditation, et ça lui plaisait d'envoyer toute sa force contre la cible, de se défouler de toutes ses frustrations, de prendre enfin sa revanche non seulement contre Janza, mais contre tout ce qu'il représentait.

Les yeux de Janza lui sortirent de la tête de surprise devant la force du coup de Jerry. Sa réaction immédiate fut de répondre mais il se contint.

La voix de Carter :

— Janza. Uppercut gauche.

À nouveau cette douleur fulgurante dans la nuque au moment où Janza, sans pause ni préparation, frappa. Jerry recula légèrement. Pourquoi ses genoux lâchaient-ils quand le coup frappait sa mâchoire ?

Les gars dans les tribunes demandaient davantage d'action. Ces cris glacèrent Jerry.

— De l'action, de l'action, hurlait l'assemblée.

C'est alors que Carter commit l'erreur. Il prit le morceau de papier qu'Obie lui tendait et lut les directives sans s'arrêter : « Janza, coup bas à l'aine. » Dès que les mots furent dits, Carter comprit son erreur. Ils n'avaient pas averti la foule pour les coups illégaux – et il y avait toujours un malin dans le tas pour en profiter.

À ces mots, Janza visa la région pelvienne de Jerry. Jerry vit le poing arriver. Il leva ses poings et regarda Carter, sentant que quelque chose n'allait pas. Le poing de Janza s'enfonça dans son ventre mais Jerry avait amorti une partie de la force du coup.

La foule ne comprit pas ce qui s'était passé. La plupart n'avaient pas entendu l'instruction illégale. Ils virent seulement que Jerry avait tenté de se défendre et c'était contre les règles.

— Tue-le, Janza, lança une voix dans la foule.

Janza aussi fut interloqué, mais pas longtemps. Bon sang, il avait suivi les instructions et voilà que Renault, ce dégonflé, enfreignait les règles. Au diable les règles, alors ! Janza fit voler ses poings dans un accès de violence, frappant Renault presque à volonté, à la tête, aux joues, une fois à l'estomac. Carter se retira à l'autre bout de l'estrade. Où diable était Archie ? Carter ne le voyait pas.

Jerry faisait de son mieux pour arrêter les poings de Janza mais c'était impossible. Janza était trop fort et trop rapide, tout instinct, prêt à tuer. Finalement, Jerry se couvrit la tête et le visage avec les gants, laissant pleuvoir les coups sur lui, et attendit, attendit. La foule était alors déchaînée ; elle criait, huait, poussait Janza à continuer.

Frapper encore Janza, c'est ce que voulait Jerry. Recroquevillé, encaissant les coups, Jerry attendait. Il y avait quelque chose qui n'allait pas dans sa mâchoire, la douleur était intense, mais il s'en moquait s'il pouvait encore frapper Janza, renouveler cette belle impression du premier coup de poing. Ça lui tombait partout et les cris de la foule s'amplifiaient comme si on avait augmenté le volume d'une monstrueuse stéréo.

Émile se fatiguait. Le gars n'allait pas tomber. Il baissa le bras, s'arrêta un instant, cherchant une vraie cible pour en finir d'un dernier coup fatal. Et c'est à ce moment-là que Jerry vit l'ouverture. Malgré la douleur et la nausée, il vit la poitrine et l'estomac de Janza sans protection. Il balança son poing – et ce fut encore magnifique. La pleine force de toute son énergie, de sa volonté et de sa revanche prit Janza au dépourvu et le déséquilibra. Janza chancela, surprise et douleur étalées sur son visage.

Jerry regarda triomphalement Janza trébucher – les genoux tremblants et faibles. Il se tourna vers la foule pour chercher – quoi ? Des applaudissements ? Elle hurlait. Elle le huait. Secouant la tête, essayant de retrouver ses esprits, clignant des yeux, il vit Archie dans la foule, un Archie souriant, exultant. Un nouveau malaise l'envahit, le malaise de voir ce qu'il était devenu, un autre animal, une autre bête, une autre personne violente dans un monde violent, une autre personne destructrice qui ne dérangeait pas l'univers mais qui le détruisait. Il avait laissé Archie lui faire ça.

Et cette foule-là qu'il avait voulu impressionner ? Devant laquelle il avait voulu s'affirmer ? Diable, elle voulait qu'il perde, elle voulait qu'il se fasse tuer ! Jésus !

Le poing de Janza l'atteignit à la tempe et le fit tituber. Puis ce fut dans son estomac que s'enfonça le poing brutal de Janza. Il serra les siens devant son estomac pour le protéger et son visage encaissa deux coups terribles – son œil gauche semblait écrasé, la pupille enfoncée. Son corps vibrait de douleur.

Horrifié, Cacahuète comptait les coups que Janza donnait à son adversaire sans défense. Quinze, seize. Il fit un bond. « Arrêtez, arrêtez ! » Mais personne ne l'entendit. Sa voix se perdit dans le tonnerre des voix, des voix qui criaient et réclamaient la mort... *Tue-le ! Tue-le !* Cacahuète regardait, impuissant, quand finalement Jerry sombra sur l'estrade, en sang, la bouche ouverte, cherchant l'air, les yeux révulsés, les chairs gonflées. Il resta un instant suspendu comme un animal blessé puis il s'effondra comme un morceau de viande que le boucher détache du crochet.

Et les lumières s'éteignirent.

Obie n'oublierait jamais ce visage.

Un instant avant que les lumières s'éteignent, il s'était détourné de l'estrade, écœuré par cette scène du gars Renault bourré de coups par Janza. La vue du sang le rendait toujours malade, de toute façon.

En regardant au-delà des tribunes, ses yeux s'attardèrent sur une petite colline qui descendait vers le terrain. La colline était en fait un rocher énorme enchâssé dans le paysage, partiellement couvert de mousse et aussi d'inscriptions obscènes qu'il fallait gratter presque tous les jours.

Un mouvement attira l'attention d'Obie. C'est alors qu'il vit le visage de Frère Léon. Léon était en haut de la colline, un manteau noir jeté sur les épaules. Avec le reflet des lumières du stade, son visage ressemblait à une pièce de monnaie brillante. Le salaud, pensa Obie. Il est là depuis le début et a tout vu, je parie.

Le visage disparut quand vint l'obscurité.

L'obscurité fut soudaine et totale.

Comme une immense tache d'encre déversée sur les tribunes, l'estrade et le terrain tout entier.

Comme si le monde était brusquement effacé, détruit.

Bon Dieu, pensa Archie en se dirigeant maladroitement vers le petit bâtiment où se trouvaient les commandes électriques.

Il trébucha, tomba et se remit debout.

Quelqu'un le heurta en passant. Le bruit dans les tribunes était terrifiant ; les gars criaient, des types tombaient des bancs. Des petites flammes déchiraient l'obscurité quand des allumettes et des briquets s'allumaient.

Crétins, pensa Archie, ce sont tous des crétins. Il était le seul ici à avoir la présence d'esprit de vérifier la cause de la panne au bâtiment de contrôle.

En trébuchant par-dessus quelqu'un à terre, Archie réussit à aller jusqu'au bâtiment, les bras tendus en avant. Alors qu'il atteignait la porte, les lumières revinrent, éblouissantes par leur intensité. Aveuglé, il ouvrit la porte brusquement et se trouva devant Frère Jacques dont la main était sur le disjoncteur.

– Bienvenue, Archie. J'imagine que c'est toi le responsable de tout ça, n'est-ce pas ?

Sa voix était calme, mais chargée d'un mépris indubitable.

38

– Jerry.

L'obscurité moite. C'est drôle, l'obscurité ne devrait pas être humide. Mais elle l'était. Comme le sang.

– Jerry.

Mais le sang n'était pas noir. C'était rouge. Et lui, il était entouré de noir.

– Allez, Jerry.

Aller où ? Il aimait bien ici, dans l'obscurité moite, chaude et mouillée.

– Eh, Jerry.

Des voix qui l'appelaient dehors. Fermez la fenêtre, fermez-la. Arrêtez les voix.

– Jerry…

Quelque chose de triste dans la voix à présent. Plus que triste – de la peur. Quelque chose d'effrayé dans la voix.

Soudain la douleur lui prouva qu'il existait, le raccrocha à la réalité. Ici et maintenant. Jésus, cette douleur.

– Ne t'en fais pas, Jerry, ne t'en fais pas, disait Cacahuète, en prenant Jerry dans ses bras. L'estrade était de nouveau brillamment éclairée, comme une table d'opération, mais le stade était presque vide, quelques curieux seulement traînant encore. Amer, Cacahuète avait regardé les gars partir, chassés par Frère Jacques et deux autres membres du corps enseignant. Les gars avaient quitté le stade comme le lieu du crime, dans un silence étrange. Cacahuète était allé difficilement vers le ring, dans le noir, et avait finalement réussi à atteindre Jerry quand la lumière était revenue.

– Nous ferions mieux d'appeler un médecin, avait-il crié à un gars appelé Obie, l'acolyte d'Archie.

Obie avait acquiescé, le visage d'un blanc cadavérique sous les projecteurs.

– T'en fais pas, disait alors Cacahuète, en serrant un peu plus Jerry. Jerry se sentait brisé. Tout ira bien…

Jerry se redressa vers la voix pour y répondre. Il fallait répondre. Mais il gardait les yeux fermés, comme s'il pouvait ainsi atténuer la douleur. Or c'était autre chose que la douleur qui le poussait. La douleur faisait partie de son existence, mais cette autre chose pesait sur lui, comme un fardeau terrible. Quelle autre chose ? La révélation, la révélation : ce qu'il avait découvert. Amusant comme son esprit était soudainement clair, séparé de son corps, flottant au-dessus de lui, au-dessus de la douleur.

— Ça ira bien, Jerry.

Non, ça n'ira pas. Il reconnut la voix de Cacahuète et c'était important de partager la découverte avec lui. Il fallait qu'il lui dise de jouer le jeu, de jouer au football, de courir, de faire partie de l'équipe, de vendre les chocolats, de vendre tout ce qu'ils voulaient qu'on vende, de faire tout ce qu'ils voulaient qu'on fasse. Il essaya de prononcer les mots mais il y avait quelque chose qui n'allait pas dans sa bouche, ses dents, son visage. Mais il persévéra quand même et dit à Cacahuète ce qu'il devait savoir. Ils vous disent de faire comme ça vous plaît mais ils ne sont pas sincères. Ils ne veulent pas qu'on fasse à notre guise sauf si c'est aussi la leur. C'est une blague, Cacahuète, une duperie. Ne dérange pas l'univers, Cacahuète, peu importe ce que disent les affiches.

Ses yeux s'ouvrirent un instant et il vit le visage de Cacahuète tout de travers, comme dans un film abîmé. Mais il put reconnaître l'inquiétude, l'anxiété sur ce visage.

Ne t'en fais pas, Cacahuète, ça ne fait plus mal. Tu vois ? Je flotte, je flotte au-dessus de la douleur. Rappelle-toi seulement ce que je t'ai dit. C'est important. Autrement, ils t'assassinent.

— Qu'est-ce que tu lui as fait, Archie ?
— Je ne sais pas de quoi vous parlez.

Archie se détourna de Frère Jacques et regarda l'ambulance sortir lentement du terrain de sport, avec sa lumière rotative qui distribuait des éclairs bleus alentour. Le médecin avait dit que Renault avait probablement une fracture de la mâchoire et également des blessures internes. On verrait à la radio. Et alors, pensa Archie, c'étaient les risques du ring.

Jacques fit se retourner Archie de force.

— Regarde-moi quand je te parle, dit-il. Si quelqu'un n'était pas venu à la résidence me dire ce qui se passait, qui sait jusqu'où ça aurait pu aller ? Sans même parler de ce qui est arrivé à Renault, il y avait de la violence dans l'air. Tu aurais pu avoir une émeute sur les bras, à la façon dont les gars étaient remontés.

Archie ne se donna pas la peine de répondre. Frère Jacques se prenait sans doute pour un héros parce qu'il avait éteint les lampes pour arrêter le combat. Selon Archie, Jacques avait simplement gâché la soirée. Et il était quand même arrivé trop tard. Renault avait déjà été battu. Trop vite, beaucoup trop vite. C'est cet idiot de Carter qui avait mis la pagaille. Un coup bas, nom de nom.

— Qu'as-tu à dire pour ta défense, Costello ? insista Frère Jacques.

Archie soupira. Réellement agacé.

— Écoutez, Frère, l'école voulait qu'on vende les chocolats. Et nous les avons vendus. C'était la conclusion, c'est tout. Un combat. Avec des règles. Juste et loyal.

Léon fut brusquement là avec eux, et posa sa main sur l'épaule de Jacques.

— Je vois que vous avez la situation en main, Frère Jacques, dit-il cordialement.

Jacques tourna un regard froid vers son collègue.

— Je crois que nous avons évité de justesse le désastre, dit-il.

Il y avait du reproche dans sa voix, mais un reproche doux, retenu, et non l'hostilité dont il avait fait montre envers Archie. Et Archie comprit que Léon était toujours le maître, toujours en position de supériorité.

— Renault sera bien soigné, je vous l'assure, dit Léon. Les garçons seront toujours des garçons, Jacques. Ils sont enflammés. Oh, de temps en temps, ils se laissent emporter, mais c'est bon de voir toute cette énergie, tout ce zèle et tout cet enthousiasme. Il se tourna vers Archie et lui parla plus sévèrement mais pas vraiment avec colère.

— Tu n'as pas fait preuve d'un grand discernement ce soir, Archie. Mais je comprends que tu as fait cela pour l'école. Pour Trinity.

Frère Jacques s'en alla. Archie et Léon le regardèrent partir. Archie souriait intérieurement. Mais il masquait ses sentiments. Léon était auprès de lui. Magnifique. Léon, les Vigiles et Archie. Quelle année géniale ça allait être !

La sirène de l'ambulance se mit à hurler dans la nuit.

39

— Un jour, Archie, dit Obie d'un ton menaçant. Un jour…

— La ferme, Obie. Assez de sermons pour ce soir. Frère Jacques m'a déjà fait le sien. (Archie ricana.) Mais Léon est venu à ma rescousse. Bon type, ce Léon.

Ils étaient assis sur les bancs et regardaient les gars nettoyer les lieux. C'était là qu'ils avaient vu Renault pour la première fois, le jour où Archie l'avait choisi pour lui assigner la tâche. La nuit devenait froide et Obie frissonna légèrement. Il regarda les poteaux de buts. Ça lui rappela quelque chose. Il ne savait plus quoi.

— Léon est un salaud, dit Obie. Je l'ai vu sur la colline là-bas ; il regardait le combat et s'en amusait.

— Je sais, dit Archie. Je l'avais mis au courant. Un coup de fil anonyme. J'ai pensé que ça lui plairait. Et j'ai pensé aussi que, s'il était présent et faisait partie de l'affaire, il pourrait être une protection pour nous si les choses tournaient mal.

— Archie, tu te feras avoir, un jour, dit Obie, mais les mots étaient machinaux. Archie avait toujours une longueur d'avance.

— Écoute, Obie, je vais oublier ce que tu as fait ce soir — toi et Carter, avec la boîte noire. Et pourtant, c'était dramatique. Et je comprends ce que vous avez ressenti. Ma largeur d'esprit envers toi et des types comme Carter est une chose étonnante à voir.

Il était retombé dans sa façon fausse de parler quand il voulait être drôle ou sarcastique.

— Peut-être que la boîte noire marchera la prochaine fois, Archie, dit Obie. Ou peut-être qu'un autre gars comme Renault arrivera.

Archie ne prit pas la peine de répondre. Des souhaits ne méritaient pas de réponse. Il huma l'air et bâilla.

— Eh, Obie, que sont devenus les chocolats ?

— Les gars les ont volés dans la mêlée. Pour ce qui est de l'argent, Brian Cochran l'a. Il faudra, comme qui dirait, tirer au sort la semaine prochaine à l'assemblée.

Archie écoutait à peine. Ça ne l'intéressait pas. Il avait faim.

— T'es sûr que tous les chocolats ont disparu, Obie ?

— Certain, Archie.

— Tu as un Hershey ou quelque chose ?

— Non.

Les lumières s'éteignirent à nouveau. Archie et Obie restèrent assis un moment sans rien dire, puis se dirigèrent vers la sortie, dans le noir.

Du même auteur à *l'école des loisirs*

Dans la collection MÉDIUM +

*À la brocante du cœur
Les héros
De la tendresse
La balle est dans ton camp
Après la guerre des chocolats
Après la première mort*

Composition et mise en pages
Nord Compo à Villeneuve-d'Ascq

Cet ouvrage a été achevé d'imprimer
sur Roto-Page
par l'Imprimerie Floch à Mayenne
en août 2017

N° d'impression : 91358
Imprimé en France